偽りの愛の向こう側

契約婚のはじまり

上乃凜子

宝島社
文庫

宝島社

Contents

恋人の裏切り

三月最初の月曜日。今日からまた長い一週間が始まる。

春めいてきたとはいえ、出勤する朝のこの時間はまだ冬物のコートを必要とするくらい寒さを感じてしまう。駅までの道をただ黙々と歩いていると、ピンと張り詰めた冷たい空気が肌に触れ、私は思わず両手で頬を挟み込んだ。

仕事に行く義務感しかない月曜日の朝。周りには私と同じように会社員や学生たちが横浜駅へ向かって歩いている。私は通勤通学の人たちで溢《あふ》れかえった駅の改札を潜《くぐ》り抜けると、定刻通りにホームに入ってきた電車に乗り、後ろから乗車してくる人たちに押し込まれながら目の前にぶら下がった吊《つ》り革をぎゅっと握りしめた。

ぎゅうぎゅうに詰め込まれた電車に揺られること約二十分。なぜか朝のこの二十分は一時間以上に感じてしまう。暖房と人の多さの熱気で息苦しさもそろそろ限界に近づき始めたころ、職場がある品川駅に到着した。やっと外気に触れることができた私はそこで大きく息を吐くと、白い息が煙のように空へと消えていった。

「遥菜《はるな》、おはよう」

後ろから声をかけられて振り向くと同じ営業部の先輩の松村《まつむら》美里《みさと》さんだった。

「美里さん、おはようございます」

「どうしたの遥菜。朝から疲れてない？　顔がぐったりしてるけど」

きりっとした大きな瞳を向けて口元を緩める。歩きながら揺れる丸みのあるショートボブが、鼻筋の通った美しい顔を際立たせている。

「今日も朝から電車が満員で……。ほんとどうにかしてほしいです」

「特に遥菜が乗る電車は他の路線より混んでいるもんね」

同情するように微笑《ほほえ》む顔も、しなやかに髪を耳にかける仕草も、何もかもがかっこいい。年齢よりも幼く見られ黒目の大きな丸いタヌキ顔の私とは全く正反対の女性だ。

「毎日あんなに満員だと出社拒否になっちゃいそうです」

はぁーと重い溜息《ためいき》をつくと、「そんな顔しないの。せっかくの可愛《かわい》い顔が台無しよ」と励ましてくれるように美里さんは私の肩に触れた。

大学を卒業後、私は地元の静岡には戻らずスノーエージェンシーという国内大手の広告代理店に就職した。不動産業界の広告には五十年以上も携わってきた実績のある会社で、マンションや戸建ての広告、モデルルームや住宅展示場などにあるパンフレット、またそれらに関するテレビやラジオＣＭなど様々な媒体に対応している。

私はそこで営業部のアシスタントとして勤務し、来月で七年目に入る。

営業から依頼されたプレゼン資料や見積りを作成したり、広告の校正をしたり、会議室を予約したりとアシスタントと言いながらほぼ雑用に近い。だけどそれをつらいと感じることはなく、自分が携わった広告やテレビCMを目にする喜びの方が大きかった。

会社があるオフィスビルの二十一階までエレベーターで上がり、美里さんと一緒に営業部のドアを開けた私は、真《ま》っ直《す》ぐに自分の席に向かうとさっそくパソコンの電源を入れメールのチェックを始めた。

今日はこれと言って急ぎの用件はないみたい。

先にチラシの校正をしておこうかな。

未読のメールを全て確認して急ぎの用件がないかをチェックしたあと、私は朝一番で上がってきたゲラ刷りを手に取り校正を始めた。校正とは文字の書き間違いや漢字の間違い、レイアウトに誤りがないかをしっかりとチェックしていく作業だ。前の原稿と比較しながらひとつひとつ丁寧に確認する作業はとても神経を使うしかなり疲れるけれど、私はこの校正の仕事が好きだった。

「遥菜、切りのいいところでそろそろランチに行かない？」

隣から声をかけられ、時計を見ると既に十二時半を過ぎていた。

「もうこんな時間……。気づかなくてすみません」

「ううん。それより今日のランチは中華にしない？　辛い麻婆《マーボー》豆腐が食べたいな」

「それいいかも！　私も食べたいです。それよりお昼が遅くなってすみません」

私は急いで鞄《かばん》から財布を取り出すと、いつもよりもランチの時間が遅くなってしまったことに頭を下げた。

「校正のときは仕方ないよ。集中してるし途中でやめるとチェック漏れが発生しそうだから、切りのいいところまでしないと気になるでしょ？」

さすが社歴十一年の美里さんは何でもよくわかっている。美人で仕事も出来て絶対にモテるはずなのにどうして彼氏を作らないんだろう。それとなく横から顔を盗み見しているとしっかり目が合ってしまい、慌てて笑顔を作った。

「遥菜、今どうして私が彼氏を作らないんだろうって顔してたでしょ？」

笑いながらも目力のある視線が飛んでくる。美里さんはエスパーだろうか。

「だって美里さんこんなに美人なのに。世の中の男性は放っておかないと思いますよ。私が男だったら絶対に付き合いたいです！」

お世辞でも何でもなく思ったことをそのまま伝えると、とても嬉《うれ》しそうな顔をして「遥菜！」と抱きつかれてしまった。

「ありがとう遥菜。でも今は結婚もしたくないし一人がいいかな。それよりお腹空《なかす》いた。早く行こっ」

ふふっと色っぽい笑みを浮かべて歩き始めた美里さんの後ろを追いかけて、私はエレベーターホールへと向かった。

「うわっ、辛っ！」

「ほんとだ。今日も辛いですね。だけどやっぱり美味《おい》しい！」

山椒《さんしょう》がたっぷりと利いた熱々の四川風の麻婆豆腐を私と美里さんは白いごはんの上にのせて口に運んでいた。このお店の看板メニューだけあってほとんどのお客さんがこの麻婆豆腐を頼んでいる。私は山椒で痺《しび》れた舌をランチセットに付いてくるコーンスープで緩和させながら、先ほどの話の理由について尋ねてみた。

「美里さん、さっきの話ですけどもう結婚はしないんですか？」

美里さんは二十五歳で当時付き合っていた男性と結婚し五年後に離婚している。

「今はしたくないかな。前の結婚が大変だったからね。この仕事ってスケジュールが変わることが多いじゃない？　そうなると定時で帰るのは難しいでしょ？」

「急に納期が早まったりしたら残業確定ですもんね」

「だけど結婚して私よりも先に旦那が家に帰っていると、残業で遅くなるって伝えていてもやっぱり気になるんだよね。早く帰らなきゃとか、ごはんどうしようとか」

責任感の強い美里さんのことだからそれはかなり気になっていたはずだ。

「前の旦那も最初は理解してくれていたし協力的だったの。でも私の残業が続くと何のために結婚したのかわからないって言われるようになってね」

当時のことを思い出したのか少し悲しげな表情で麻婆豆腐を掬《すく》い、口に入れる。

「やっぱりここの麻婆豆腐は美味しいよね。でもそろそろ舌がヒリヒリしてきたかも」

美里さんはジャスミン茶をゴクっと飲むとそのまま話を続けた。

「私も可能な限り家事を頑張っていたんだけど、ある日ね、今日は疲れたから外食でもいい？って言ったら、残業のない日ぐらいは夕食作ったらって言われてね」

「えっ、酷《ひど》い……」

「でしょ。私だって毎日頑張っていたのに腹が立つよね。それで段々と喧嘩《けんか》が増えていって……。だからしばらくは一人で自由に過ごしたいかな」

毎日忙しく仕事をしながらもそんな大変な日々を過ごしていたんだと思うと、なんだかつらくて胸が痛くなってきた。そして美里さんの話を聞きながら私は自分の結婚について考えていた。

私には付き合って二年の彼氏がいる。同じ営業部の町田《まちだ》清貴《きよたか》という男性だ。美里さんの同期で五歳上の三十三歳。茶髪で彫りの深い顔立ちで、学生時代にサッカーをしていたこともあり体格もがっしりとして身長も高く、よくモテる。

清貴のアシスタントに就いて三年。うちの取引先の中でも清貴は重要なクライアントを担当していたので、最初の一年はとにかく迷惑をかけないように仕事をすることで必死だった。同僚の女性には清貴のアシスタントに就いたことでかなり羨ましがられたけれど、私には清貴に対して派手で軽薄そうなイメージしかなく、そんな浮ついた気持ちなど全くなかった。

さすが営業成績がトップで優秀な清貴の仕事に対する要求は半端なかった。

「桜井《さくらい》さん、松丸《まつまる》不動産の見積書、朝イチで修正できる？」

「このゲラを十時までに再校にして」

「悪い、先方の都合で今日中にプレゼン資料を仕上げてほしい」

少しの妥協も許さない清貴に私はその要求に応えられるよう一生懸命仕事をした。清貴と仕事をすることで必然的に一緒に過ごす時間も増えていき、二人で打ち合わせをしながらプレゼン資料を考えたり、入稿の締め切り直前まで一緒に校正をしたり、またデザインの仕上がりが遅い時はそれを待ちながら終電近くまで残業することもあった。

そんな日々が続き、清貴のアシスタントになって一年が過ぎた頃、仕事が終わって一緒に訪れたお洒落《しゃれ》なバーで私は清貴から告白をされたのだ。最初は清貴のことを派手で軽薄そうな男性だと思っていた私も、その頃には清貴のイメージが大きく変わり、仕事に対する真摯な姿勢に惹《ひ》かれ付き合うことになった。

そんな清貴とは今年の冬に結婚をしようと話をしていて、今はまだ同僚にはもちろんのこと美里さんにも隠している。美里さんの話を聞いた私は、結婚後の仕事についてもう少し深く清貴と話をしてみようと思っていた。


長かった一週間も終わり、苦痛だった通勤ストレスからも解放された金曜日。

仕事もスケジュール通りに順調に進み、休日出勤もないことが確定して私はほっと胸を撫《な》で下ろしていた。というのも明日は清貴と一緒に静岡の私の実家へ結婚の挨拶に行く予定なのだ。両親には年末に実家へ帰った時に結婚したい人がいると話していて、そんな相手がいることに驚きながらも喜んでくれた。

お父さんもお母さんも清貴のことを気に入ってくれるといいな。

弾んだ気分で会議から戻ってくると、机の上に一通の手紙が置いてあった。封筒の表にはパソコンで打たれた文字で会社の住所とその横に『スノーエージェンシー　桜井遥菜』と書いてある。宛先に「様」の記載がないのと、切手も貼られていないところを見ると社内の誰かが置いたのだろうか。封筒の裏を見ても差出人の名前もない。

私は机の中から鋏《はさみ》を取り出し、とりあえず封を切った。

えっ、これは何？

書いてある内容を目にした瞬間、私はすぐにその手紙を封筒の中にしまった。心臓が猛スピードで動き出し、ドクドクと大きな音を立て始める。私は周りに気づかれないように平静を装うとその手紙を持って立ち上がり、フロアを出て女性トイレへと向かった。そのまま一番奥の個室に入り鍵を閉める。気持ちを落ち着かせるように胸元に手を当てて小さく息を吐くと、先ほどの手紙をもう一度取り出した。

『私は町田清貴さんの子供を妊娠しています。

清貴さんはあなたが別れてくれないことで苦しんでいます。

私たちの子供のために早く別れてください』

こ、これって……。清貴の子供を妊娠？

『妊娠』という言葉があまりにもショック過ぎて目の前が真っ暗になる。

この手紙の内容が本当なら、清貴は私と付き合いながら他の女性とも付き合い、妊娠させたということだ。全く考えもしなかったこの状況にショックと驚きと不安が一気に襲ってきた。

清貴には私の他に付き合っている女性がいるってこと？

だけど清貴は昨年のクリスマスに私に結婚しようとプロポーズしてくれたのだ。あれからまだ三カ月しか経《た》っていないのに、いくら清貴がモテると言ってもやっぱりそんなことは考えられない。

それに私は清貴と付き合っていることを誰にも話していない。知っているのは清貴とは全く面識のない大学時代の親友の理沙《りさ》と絵里子《えりこ》だけだ。

もしかするとこれは社内の誰かが私と清貴が付き合っていると考えてこんな手紙を送ってきたのだろうか。

とりあえず清貴本人に聞いてみた方がいいよね？

私はポケットから携帯を取り出すと、履歴から清貴の電話番号を探し、タップしようとしてその手を止めた。清貴が電話に出たところでどのように話を切り出せばいいのだろう。電話だと顔も見えないし、何よりも言葉が出てこない。私はそのままアプリを開くと清貴にメッセージを送ることにした。

『今日はこのまま直帰の予定だよね？　会って話したいことがあるんだけど』

今日の清貴の予定は会社には戻らず直接自宅へ帰ると聞いている。メッセージを送るとすぐに既読がつき、返事が戻ってきた。

『明日遥菜の実家に行くし朝から会うだろ？　明日じゃだめなのか？』

『どうしても話がしたいの。少しだけでいいからどこかで会えない？　私が清貴の家まで行ってもいいよ』

『実はまだ作業が終わらなくて遅くなりそうなんだ。帰ったら電話する』

少しだけなのにどうして会ってくれないの？

この手紙を目にしたせいか、清貴の返事は私と会うのを避けているようにも感じてくる。いつもなら「じゃあ電話待ってる。仕事頑張ってね」と普通に返せるはずなのに、今日の私にはどうしてもそれができなかった。

『電話じゃなくて直接話がしたいの。何時でもいいから』

再びメッセージを送りすぐに既読がついたものの、今度はそこから返信が途絶えてしまった。

既読になったのにどうして急に返信が止まるの？

これって私と話がしたくないってこと？

仕事は口実で本当は浮気相手と会う約束でもしているのだろうか。先ほどまですぐに届いていた返信が急に止まったことに疑う気持ちが膨らみ始め、メッセージアプリを開いたまま不安が増していく。だけどこのままここで返事を待ち続けるわけにはいかないので、私は自分の席に戻るためトイレから出ようとドアの鍵に手をかけた。

『多分九時頃になりそうだけど。終わったら連絡する』

やっと清貴から返事が届き、そのメッセージを見てほっとした私は、『会社の近くのカフェで待っているから終わったら連絡して』と送信した。

そこからは何も仕事が手につかず、なんとか終業時間まで乗り切った私は定時になるとすぐに会社を出た。やっと一人になれたことで少しほっとしたけれど不安な気持ちが全身を駆け巡る。そのまま駅前のカフェに入って温かいカフェオレを注文すると、一番奥の目立たない席に座った。ここまで歩くのに必死だったのか背中にじっとりと汗をかいている。そして私はひと呼吸置くと、鞄の中からあの手紙を取り出した。隣の人に見られないようにこっそりと開く。途端に『妊娠』という二文字だけが視界に飛び込んできてすぐにそこから目を背けた。パソコンで打たれた無機質な文字が気味悪くて怖くて堪《たま》らない。もしこれが事実であれば清貴は私の他にも女性を抱いたということだ。そして相手は私を知っているのに、私は誰がこんな手紙を置いたのかもわからない。思わず清貴が他の女性を抱く姿を想像してしまい、私はその画像を消すように下を向いてぎゅっと目を瞑《つむ》った。

清貴と付き合って二年。最初の頃は休みになるとデートやドライブに出かけていたけれど、最近は清貴が土曜日も打ち合わせだったり、日曜日はフットサルの試合があったりと徐々にデートをする回数は少なくなっていた。だからと言って全く不安になることはなく、お互いの家で朝まで過ごす時間もあったし、今だって清貴に愛されていると思っている。そもそも結婚しようとプロポーズまでしてくれた清貴が浮気をするなんてやっぱりどうしても信じられない。温《ぬる》くなったカフェオレを口に運んで考えていると、テーブルに置いていた携帯にメッセージが届き、少しして清貴が店内に入ってきた。

「急にどうしたんだ？　明日のこと？」

目の前の椅子に座った清貴はコートを脱いで横の椅子にかけると、カウンターで注文してきたコーヒーを手に取り、口に運んだ。

「あー疲れた。明日休みだから今日中にしておくことが多くてさ」

筋を伸ばすように首を左右に曲げている清貴の顔をじっと見つめる。いつも通りの清貴の顔だ。怪しい感じは何も見られない。

「遥菜、俺に話があるんだろ？　何？」

不思議そうな顔をして見る清貴に私はあの手紙をテーブルの上に置いた。

「実は……今日こんなものが届いて……」

「何これ？　俺が見ていいの？」

私が頷《うなず》くと清貴は封筒の中から手紙を取り出した。

「はぁ？　何だこれ？　どういうこと？」

一瞬驚いたような表情を見せたあと、すぐに私に視線を向ける。

「それ私が聞きたい。妊娠してるってどういうこと？　もしかして浮気してるの？」

『浮気』という言葉を口にした途端、じわじわと涙が浮かんできた。

声が震え、自分の心が傷ついていたのを初めて自覚する。私は膝の上に置いていた両手をぎゅっと握り、喉の奥が締めつけられるのを感じながら必死で涙を堪《こら》えた。

「浮気なんかするわけないだろ？」

清貴は私が浮気を疑っていると思って少し不満げな表情を向けた。

「じゃあどうして私にこんな手紙が届くの？　清貴と付き合っていることは誰にも話してないのにおかしいでしょ？」

「俺が知るわけないだろ？　プロポーズしたのに浮気を疑われるなんてな」

「疑ってるわけじゃないけど……」

「でも俺のことを信じてないからこうして呼び出したんだろ？」

清貴の口調が段々と険しくなる。

「違うよ。清貴はモテるし、こんな手紙が届いたら不安になるから聞いてるの」

「俺がモテるからって疑われたらたまらないよな」

「じゃあどうしてそんなに不機嫌になるの？　普通は一緒に心配したりこの手紙を送った人に対して怒るんじゃないの？」

私が悪いんじゃないのに清貴に責められているようで、怒られているようで、私の目からはついに涙が溢れ出した。閉店時間も近づいて店内に人が少なくなってきたとはいえ、ぽろぽろと涙を流す私を見て清貴は少し焦ったのか、ふっと柔らかい表情を見せると、私が考えもしなかったことを口にした。

「もしかしたらそれは俺への嫌がらせかもしれない。遥菜はモテるだろ？　俺と遥菜が仲良くしているのを見た人間が邪魔するために送ってきたんじゃないのか？　遥菜を好きな男が女性を装って」

「どういうこと?」

意味がわからなくて涙声になりながら聞き返す。

「社内で遥菜のことが可愛いって言ってる奴《やつ》が結構いるんだよな。俺も心配してたんだ。自分が気づいてないだけで遥菜はモテるんだよ」

「だってこれはどう考えても女性の手紙だよ。清貴への嫌がらせなら私じゃなくて清貴に送るはずじゃない」

「どうしてわかるんだよ。差出人も書いてないし、俺たちの仲を裂くために男が女を装って送ったかもしれないだろ?　とにかく俺は知らないし浮気もしていない。だからもう帰るぞ。明日九時頃迎えに行くから」

清貴はそう言って話を断ち切り、送られてきた手紙をビリビリに破くと、店内に設置してあるゴミ箱に捨てにいった。その後ろ姿を目で追いながら、このまま清貴を信じていいのか、それとも騙《だま》されているのかと不安でいっぱいになる。戻ってきた清貴は何事もなかったかのように私を品川駅のホームまで送り、電車に乗るまで見届けると「また明日な」と言って帰っていった。

私は全く気持ちの消化ができないまま、電車の中から小さくなっていく清貴の姿を見つめていた。

翌朝、頭の重さを感じながらベッドから起きると、窓の外には雲ひとつない綺麗《きれい》な青空が広がっていた。本来ならこの空のようにとても嬉しい朝を迎えていたはずだ。

結局昨日は家に帰ってからもあの手紙のことが頭から離れず、一睡もすることができなかった。カフェでの清貴の態度を思い出し、あんなに不機嫌になったのはやましいことがあるからで、手紙を破いたのは証拠を隠滅するためだったのではないかとそんなマイナスなことばかりが浮かんできて、私は心から清貴を信じきることができず、涙を流し続けていた。今日は清貴と一緒に静岡の実家まで行くというのに一向に気持ちが晴れない。とにかく準備をしようとドレッサーの前に座ると、目の前には瞼《まぶた》が腫れて浮かかない顔をした自分が映っていた。

こんな顔をして家に帰ったらお父さんもお母さんも心配するよね。

私は急いでタオルを水に濡《ぬ》らすと目に当てて冷やし始めた。少し腫れが落ち着いてきたところでいつもよりも濃い目のアイメイクをして、春らしい花柄のピンクのワンピースに着替える。そして白いニットのカーディガンを羽織り、首元に清貴からプレゼントしてもらったネックレスをつけた。なんとかいつも通りの状態になったとほっとしていると、清貴からもうすぐ到着するとメッセージが入ってきた。

「おはよう、遥菜」

マンションの前で車を停《と》めた清貴は昨日のことなんて何もなかったように私に穏や

かな笑顔を向けた。事前に私の両親からスーツじゃなくていいと言われていたので、今日の清貴は白いシャツにベージュのチノパンという姿だ。

「おはよう。これから静岡まで少し時間がかかるけど運転ごめんね」

私も昨日の手紙のことは考えないようにして明るく声をかけて車に乗り込んだ。

「高速が結構混んでいるみたいなんだよな」

ナビを設定しながら清貴が到着時間を確認する。

「ここから約三時間か。やっぱり混んでるから結構かかるな」

「到着するのは十四時くらいって言ってあるから、時間は気にしなくて大丈夫だよ。清貴も運転疲れるでしょ？　途中休憩しながらゆっくり行こっ」

「じゃあ出発するか。あっ、そうだ。途中で手土産《みやげ》買っていくからどこかで店に寄ること覚えておいて」

「うん。わかった」

清貴の言葉に私は助手席のシートベルトを締めた。車の中では清貴の好きなアーティストの曲がかかっている。清貴は一緒に歌を口ずさみながら機嫌よさそうに運転を始めた。それとなくチラッと横目で清貴の様子を窺《うかが》う。

この雰囲気だと浮気とか絶対にないよね？

やっぱりあの手紙は清貴の言う通りただの嫌がらせだったのかも。

私は安心して口元で小さく弧を描くとそのまま視線を前に戻した。

今日は天気も良くて暖かいせいか一般道も混んでいて、すぐに信号に引っかかりなかなか前に進まない。そんな中、私は助手席のシートになんとなく違和感を抱いていた。いつも自分が乗っている角度とはなんだか違う気がするのだ。少し後ろに倒れているような気がする。そんなに何度もこの車に乗っているわけではないけれど、今までこんなことは一度もなかった。だけど車好きで人を乗せることを嫌う清貴が自分の車に他人を乗せるとは考えにくい。

やっぱり私の勘違いだよね。

清貴がシートを動かしただけかも。

だめだ。しっかりしなきゃ。

昨日のあの手紙のせいでついまた疑いそうになってしまったけれど、こうして静岡まで結婚の挨拶に向かってくれているのだ。これから私の両親に会うというのに浮気をしているなんて絶対にありえない。やっぱり自分の考え過ぎだと思った私は座席の角度を直そうとシートの横のボタンに手を伸ばした。

痛っ――。

何かがチクリと指に刺さる。何があるのかと思いシートの横を覗《のぞ》くと、シートとドアの隙間に小さくてキラリと光るものが見えた。何だろうとゴソゴソと手を動かしながらチクリと指に刺さったものを拾い上げる。手の中にあったものは透き通ったブルーの石が連なった可愛いピアスだった。どうしてこんなものが車の中に落ちていたのかわからなくて、ピアスを見つめたまま呆然《ぼうぜん》となる。瞬く間に手紙の言葉が浮上してきて頭の中を占領し始めた。

「遥菜、どうしたんだ？」

そんな私の異変に気付いたのか清貴がチラリと視線を向けてきた。

「今……この車の中でピアスを拾ったんだけど……」

フラッシュバックのように昨日の手紙の内容が思い出され、心臓が激しいくらいに波を打ち、ドクドクと音を立てている。

「ピアス？」

そう尋ねてくる清貴に私は横から拾い上げたピアスを見せた。

「このピアス……。もしかしてこの車に誰か乗せたの？」

清貴の表情を窺うように恐る恐る顔を向ける。

「誰も乗せるわけないだろ？　そのピアス、遥菜のじゃないのか？」

「違うよ。これは私のじゃない」

「遥菜のじゃない？　じゃあ誰のだ？　あっ、もしかしたらフットサルの仲間かも。この間ちょうど試合のあとに送っていったんだ」

「フットサルの仲間って男性でしょ？　女性もいるの？」

「あ、ああ……。奥さんとか彼女とか応援に来たりするし」

「でも奥さんや彼女はその旦那さんや彼氏の車に乗るんじゃないの？　どうして清貴の車に乗るの？　もし乗ったとしてもどうして助手席にピアスが落ちるの？」

次から次へと尋ねる私に清貴が不機嫌な表情を見せ始めた。

「もしかして遥菜、まだ俺のことを疑ってるわけ？」

運転している清貴の声がどんどん険しくなっていく。

「信じられるように安心させてよ。言わなかったけどこのシートだってほんとはいつもより後ろに倒れていたんだよ。助手席のシートが倒れていてピアスが落ちていて妊娠したっていう手紙がきたら、この車の中で何かしたのかなって考えちゃうよ。これでどうやって信じろっていうの？」

「安心させろ？　だからこうして遥菜の実家に結婚の挨拶に行くんだろ？　俺たち結婚するんじゃないのかよ」

「結婚するから何も不安なことがないように聞いてるんでしょ？」

「もう意味わかんねぇわ」

清貴は完全に気分を害したようで不貞腐《ふてくさ》れるように言葉を吐き捨てた。

「意味がわからないってどういうこと？　私は安心させてって言ってるの。こんな気

ごく心外……」

「じゃあ俺にどうしろって言うんだよ？　なんか俺、昨日から遥菜に疑われてものすごく心外……」

そう言って清貴は高速には乗らず近くにあったコンビニの駐車場に入り、車を停めた。イライラしている感情を私にぶつけるように大きな溜息をつく。

「要するに遥菜は俺のことを信じられないってことだよな？」

どうしてこの人は私を責めてばかりで安心させようとしてくれないのだろう。

不安にさせて悪かった。

俺が大切なのは遥菜だけだから。

ごめんな。もう二度と不安にさせないようにするから。

そう言って真剣に私を見て抱きしめてくれたら信じることができるのに――。

「なんかさ、俺のこと疑うだけ疑って黙り込むのってずるくない？」

清貴のその言葉を聞いて、私は静かに口を開いた。

「だったらここで電話して聞いてみて。それで私も信じるから。フットサルの仲間の奥さんか彼女のピアスだったら電話したらわかるよね？」

こんなことを言って自分が嫌な女になっていることはよくわかっている。だけど昨日の手紙や今日のピアスで、清貴を疑ったまま結婚することも両親に会わせることも私にはどうしてもできなかった。

「わざわざ電話することないだろ。次のフットサルの時に渡しておくよ」

「どうして電話してくれないの？　電話ができないってことはやましいことがあるからじゃないの？」

「そんなんじゃねぇよ。休日のこんな時間に電話することじゃないだろ？」

頑《かたく》なに拒否をする清貴の言葉を聞いて私は心の底からがっかりとしてしまった。

「私たちこれから結婚するんだよ。私のことが大切だったら少しでも不安を取り除くためにここで電話をして安心させてくれるよね？　いつもだったら私もこんなこと言わないよ。でも昨日あんな手紙が届いて不安だから確認してほしいってお願いしてるの。私がこんなに言ってもフットサルの仲間に電話をしてくれないってことは、私の不安なんて清貴にとってはどうでもいいことなんだね」

「なんか俺、遥菜のそういうとこすごく嫌。自分の意見ばかり主張して人の言うことなんて全く聞かないし。疑われるこっちの身にもなってみろよ」

「今まで清貴の前でこんな態度になったことないよ。ずっと清貴のこと信じてたんだから。でも清貴が私にそうさせてるんでしょ？」

「あー、超めんどくせぇ」

「もういいよ。わかった。私帰る。ここから一人で帰れるから！」

私は車を降りてバタンと音を立ててドアを閉めると、そのまま道なりに歩き始めた。車を停めていたコンビニからどんどん距離が離れていく。

こんな気持ちのままだと結婚なんてできないけれど、今から一緒に静岡の実家に行くことにしていたのに、清貴はこれからどうするつもりなのだろうか。歩きながら鞄から携帯を取り出し、清貴から何か連絡があるかと何度も画面を確認したけれど、何も連絡はなかった。

もしかしたら後ろから、「遥菜ごめん、俺が悪かった」と追いかけてきてくれるかもと期待したけれど、そんな期待も虚《むな》しくどんなに歩き続けても清貴が追いかけてきてくれることはなかった。

私は途中で実家に電話をして、急なクライアントのスケジュール変更で仕事が入りどうしても出社しないといけなくなったと装い、また日を改めて行くと両親に告げた。

電話を切った途端、堪えていた涙が頬を伝い始める。私は流れ出した涙を止められないまま自宅へと帰っていった。

清貴と喧嘩をしてから二週間が経った。あの日以来、清貴とは口を利いていない。仕事上では話をすることはあるけれどそれは仕事の話だけだ。清貴が今どう思っているのか。はっきりと別れ話はしていないけれど、清貴の態度を見ていると今の状態ではどう見ても修復は難しい気がしていた。そして二週間という時間が経過したことで、私の中にあの時とは違う感情が芽生えていた。

清貴の言う通り、私が疑い過ぎたのかも……。

どうしてもっと清貴のことを信じてあげなかったんだろう。

私が間違っていたのかもしれない。

そんな感情を胸に抱きながら私は日々過ごしていた。そしてもう一度きちんと自分の気持ちに向き合いたいと考えた私は、仕事が終わったあと一人で新宿のヒルトンホテルのバーに向かった。ここは清貴に告白された思い出の場所だ。

あの頃の二人に戻ることができたら……。

ホテルに到着するとさすが高級ホテルだけあってエントランスの前には真っ赤なフェラーリが停車していた。車好きな清貴の影響で私もある程度の車種はわかる。宿泊客なのだろうか。東京には富裕層が多いと聞くけれど本当なんだと思いながらそのフェラーリの前を通り過ぎた時だった。バタンと車のドアの開く音がして、いきなり後ろから右腕を掴《つか》まれた。

「梨香子《りかこ》？」

強い力で後ろに引っ張られたのでヒールが揺らぎ、ぐらっとバランスを崩しそうになる。なんとか持ちこたえた私は掴まれた右腕に視線を向けたあと顔をあげた。

その瞬間、爽やかでほのかにスパイシーな香りがふわりと漂う。

「日本に帰ってきたのか？」

そこには見知らぬ男性が私を見つめて立っていた。

うわぁ、すごくかっこいい……。

知らない人に腕を掴まれたにもかかわらず、顔を見た瞬間、声を発することすら忘れてしまう。

スラリと身長が高く、吸い込まれてしまいそうな黒くて綺麗な二重の瞳に見つめられた私は、その場で固まったまま男性を見つめ返してしまった。

胸がドクンと大きな音を立てる。

「あ、えっと……」

やっとの思いで声を出すと、腕を掴んでいた男性も私を見て、「あっ」と気まずそうな表情で手を離した。

「すみません。人違いでした」

そう言いながらもまだ私の顔をじっと見つめている。

「い、いえ……」

「失礼しました」

男性は私に丁重に頭を下げると真っ赤なフェラーリに乗り込んだ。

あー、びっくりした。

あのフェラーリってあの人の車だったんだ。

世の中にはあんな王子様のような男性がいるんだ……。

まるでドラマのワンシーンのようなシチュエーションに胸の鼓動が止まらない。

かなりのイケメンだったけど一般人なのかな？

りかこっていう女性はあの人の彼女なのかな？

さっきの男性を見ただけで次々といろんな妄想をしてしまい、そんな自分に苦笑しつつ私はホテルの中へ入っていった。

目的のバーに向かう前にロビーにある化粧室でメイクを直していると、偶然にも同じ会社の総務部にいる西田《にしだ》香里《かおり》さんが入ってきた。お互いに顔を見合わせて驚きながらも私は西田さんに会釈をした。業務ではほとんど接点はないけれど、社内ですれ違えば挨拶をして顔は知っている。

「あっ、桜井さん！　こんなところで会うなんて」

確か彼女は私より三歳下のはずだけど、しっかりとしたメイクとオフショルダーのカーキのニットに黒い細身のパンツを合わせた姿は私よりも大人びて見えた。

「ほんと、びっくりだよね」

「桜井さんはこれからここで食事ですか？」

「あっ、うん……ちょっと用事があって……。西田さんは？」

一人でこのホテルのバーに来たということをなんとなく知られたくなくて、曖昧な笑みを浮かべて聞き返す。

「私は今から彼氏と上のレストランで食事なんです」

嬉しそうな笑顔で答えた西田さんはさらりと右手で髪を耳にかけた。耳元からキラキラと輝くピアスが現れ、ゆらゆらと小さく揺れている。その瞬間、私はそのピアスに目が釘付《くぎ》けになってしまった。同時に胸の鼓動が警鐘を鳴らすように激しく波を打ち始める。透き通ったブルーの石が連なったピアス。

これはきっと偶然……だよね……。

「桜井さん？　どうかしましたか？」

にこりと微笑んだ西田さんは私の顔を覗きこんだ。

「ううん……。あの……すごく可愛いピアスだなと思って……」

動揺しているのを悟られないように必死で平静を装いながら私は言葉を返した。

「ありがとうございます。彼氏からのプレゼントなんです」

満面の笑みで私を見つめながら西田さんはそのピアスを指で揺らした。その笑顔が、その仕草がどことなく見下されているように感じるのは気のせいだろうか。

「そうなんだ……」

「嬉しくて毎日着けていたらいつの間にか失くしちゃったんですけど、この間やっと見つかって。気をつけておかないとピアスも落ちちゃうことってあるんですね」

嬉しそうに微笑んでいる顔から発せられる言葉が胸にグサグサと突き刺さる。

「あっ、すみません。桜井さんこれから用事があったんですよね？　私もお腹空いちゃったし彼氏が待ってるから早く行かなきゃ」

不自然にお腹を見つめて撫でる西田さんの仕草を見た途端、さっと血の気が引き眩暈《めまい》がしてきた。

「そうだよね……。じゃあ、お先に」

私は急いで化粧室から出るとすぐに清貴の姿を探した。私の勘が当たっていれば、きっと、いや絶対にこのホテルにいるはずだ。どこにいるのかと必死になって辺りを見渡す。するとロビーの端っこで携帯を見ながら立っている清貴を見つけた。

絶対に清貴がいると思って探したけれど、本当に見つかってしまうとものすごくショックを受けている自分がいた。そのまま気づかれないようにゆっくりと近づいていく。そして清貴の少し手前で私は歩みを止めた。

「やっぱり私、騙されていたんだね」

ショルダーバッグをぎゅっと握りしめて、睨《にら》みつけるように清貴の顔を見る。

私の姿を見た清貴は驚いたように目を瞠《みは》った。

「何で遥菜がここにいるんだよ？」

「私がいたら何かまずいことでもあるの？　自分が浮気していたのに散々私のことを責めて最低な人間だよね？」

するとと清貴は開き直ったのか彼女の存在を認めて私の顔を睨みつけてきた。

「遥菜が結婚できないっていうから彼女と付き合い始めたんだろ。悪いか？」

「付き合い始めた？　私たちまだ正式に別れてもないのに？　私と二股かけていたんでしょ？」

「ほんと性格悪いよな。そうやって俺を疑い続けて」

「疑うじゃなくて事実でしょ。おそらく妊娠したっていう手紙を私に送ってきたのは西田さんだろうね」

さっきのあの態度。不自然にお腹を触って意味深に笑ったあの仕草。

きっとあの手紙は西田さんが私に送ってきたものだ。

私と清貴がこうなることを望んで嫌がらせをしてきたに違いない。

「はぁ？　妊娠してない西田が何でそんなことをするんだよ」

「だから西田さんだって言うのよ。わからない？　妊娠していなければ西田さんがあんな手紙を書いたなんて清貴も疑わないじゃない」

清貴は蔑むような呆《あき》れた視線を私に向けた。

「お前、マジで失礼だよな。自分が何を言ってるのかわかってるのか？」

「私よりも西田さんのことを信じるんだ。あの日ピアスを見つけてもフットサルの仲間に電話できないのは当然よね。だってあれは西田さんのピアスだから」

「ほんとお前のそういうとこ大嫌いだわ。自分は清純派ぶってそんなに俺や彼女を悪者にしたいか？　香里はお前みたいに性格が悪くねぇよ」

「性格が悪いのは西田さんじゃない！　陰であんな嫌がらせをして！」

「香里はそんな女じゃねぇよ。俺、お前と結婚しなくてほんと正解だったわ」

「じゃあどうして私にプロポーズしたのよ。私の両親にだって会いに行こうとしてたじゃない。私を、私の両親を何だと思ってるのよ！」

私はそう言い放つとホテルから走り去るように飛び出した。

ぼろぼろと溢れてくる涙を止めることができず、目の前の視界がどんどんぼやけていく。私のこの二年間はなんだったんだろう。清貴のことを好きになってこの人となら、と信じて結婚まで考えていたのに、こんな風に裏切られるなんて。

何もかも全部私が悪いって言うの？

自分が勝手に浮気したんでしょ。

私と別れたいならきちんと別れたいって言ってくれたらよかったじゃない！

涙を流した状態で電車に乗る勇気もなく、私は手をあげて目の前に停まったタクシーに乗り込んだ。タクシーの運転手は泣いている私に何も話しかけることなく、ただ静かに横浜まで車を走らせてくれた。そしてマンションに到着し、顔を隠すようにして急いで部屋の中に入った瞬間、私はそのまま玄関で動けなくなってしまった。涙がぼろぼろとこぼれ落ち続け、口から漏れる嗚咽《おえつ》が止められない。

痛い……。胸が痛い……。

心が痛くて胸元をぎゅっと掴む。こぼれ落ちてくる涙がぎゅっと掴んだ手の甲を伝い、今度は袖口を濡らし始めた。どんなに泣き喚《わめ》いてもこのつらい思いは少しも小さくならない。

何もかも記憶から消したくて忘れてしまいたくて、なんとかその場から立ち上がると、私は溢れ出る涙を何度も手で拭いながらキッチンから大きなゴミ袋を取り出した。

この部屋の中には清貴が使っていたスウェットやマグカップ、歯ブラシなどが置いてある。一刻も早く清貴に関するものをこの部屋の中から追い出したい。私はそれらを片っ端からゴミ袋に入れていき、最後に清貴からプレゼントされたネックレスとファッションリングを入れると、部屋を出てマンションの下のゴミ置き場に捨てにいった。清貴に関するものを全て捨てたからといって記憶が消されるわけでもなく、私は部屋の中で一晩中泣き続けた。

次の日、私は入社して初めて仮病で会社を休んだ。

泣き過ぎて目が腫れ上がっているのと、会社に行ってあの二人の姿を見るのがつらかったからだ。きっと西田さんは私のつらい気持ちを知ったうえで、これからもわざと知らないふりをして接してくるだろう。心の中では笑いながら清貴の前では純粋な女性を演じて——。

仮病で会社を休み、一日中部屋から一歩も出ずに過ごした私は、翌日会社に行って朝一番に上司である佐山《さやま》部長に退職の意向を伝えた。失恋で会社を辞めるなんて社会人として相応《ふさわ》しくない行動だとはよくわかっていたけれど、これ以上あの二人の姿を見ながら仕事をすることはできそうになかった。

突然の退職願いに佐山部長は驚いていたけれど、家庭の事情でどうしても静岡の実家に帰らないといけないと説明すると、四月末で退職することを受理してくれた。しかも後任者への引継ぎが終われば有休処理をしても構わないとまで言ってくれた。あの二人と顔を合わせたくない私にはとても有り難かった。

退職を受理してもらったあと、私は今までお世話になった美里さんだけには本当のことを伝えることにした。美里さんは私と清貴が付き合っていたことになんとなく気づいていたらしく、今回のことを全て打ち明けると自分のことのように清貴に対して憤慨してくれた。

「どうして自分で決める前に私に話してくれなかったの？　遥菜には申し訳ないけど私は逆に別れてよかったと思ってる。遥菜と付き合って噂《うわさ》を聞かなくなったから真面目《まじめ》になったのかなって思ってたけど、あいつ変わってなかったんだね。町田って今はあまり知られてないけど、同期の中でも町田と付き合って辞めた子が何人かいたんだよね。町田はまた繰り返すと思う。ただこんなことをする西田さんがすんなりと別れてくれるとは思えないけどね」

そう言って私を慰めてくれた。私が退職することには納得できなかったようだけど、最後には笑って、「何かできることがあったら力になるから、今度はきちんと私に連絡すること」と言って励ましてくれた。仕事を辞めることに後悔はなかったけれど、こんな風に言ってくれた美里さんと離れることだけが私にはとてもつらかった。

二十八歳の四月三十日。

私は彼氏だけでなく仕事も失った。

強引な御曹司

スノーエージェンシーを退職した翌日から世間では本格的なゴールデンウィークに突入した。いつもは休暇の前後に有休をくっつけて静岡の実家に帰っていたのだけれど、今回は仕事が忙しいと言って実家に帰ることはせず、退職したこともまだ両親には伝えていなかった。

厳しかったけれどそれ以外はあまり干渉することもなく、自由にやりたいことをさせてくれた両親。そんな両親でも会社を辞めて清貴とも別れたと話したら、きっと何があったのかと心配するはずだ。

せめて新しい仕事が決まってから二人に話すことにしよう。

少しだけ出た退職金と結婚資金として貯《た》めていた貯金があるので、当面は生活に困ることはないだろう。結婚資金を使うことは一瞬躊躇《ちゅうちょ》したけれど、今は結婚はおろか誰かとまた付き合うことすら私には想像できなくなっていた。もう簡単に男性を信じられそうにない。なのでその貯金を使ったとしても特に問題はないけれど、いつまでも無職でいることは躊躇《ため》われた。

ただ新しい仕事を探すにしてもしばらくは誰にも会わず、できるだけ話もしなくていい職場で仕事がしたい。それにもうあの満員電車で会社に通うことはできるだけ避けたかった。電車が満員だとしても混み具合に少し余裕がある路線にしたい。そう思ってネットで自宅から近い横浜近辺の求人情報を探してみるけれど、出てくるのは車のディーラーや保険の外交員といった営業的な仕事や、事務職も営業事務といった仕事ばかりで、そう簡単に自分が希望する仕事は見つからなかった。

求人情報を見て溜息をついていたところで、ふと派遣の仕事が頭をよぎった。派遣業務で一日中与えられたデータを入力する仕事があれば、他人と話すことはほぼないし、何よりも無心になって入力することで嫌なことを考えなくて済むかもしれない。

私は派遣会社のホームページをいくつか開き、その中で自宅から近い大手で名の知れたシーキャリアに登録してみることにした。ＷＥＢから登録をするとすぐにシーキャリアから面談日の連絡が送られてきた。私はシーキャリアに出向いて面談を受け、これまでの職歴や自分が求めている希望条件や勤務条件を伝えた。

これで仕事が決まれば少しは気持ちも落ち着くかも……。

少しだけ明るい未来が見えてきたことに安堵《あんど》しながら、次にパソコンのスキルチェックを受けるためにスタッフの女性と一緒に移動していると、前方から歩いてきたスーツ姿の男性に突然声をかけられた。

「梨香ちゃん？」

立ち止まった男性に視線を向ける。年齢は三十代半ばといったところだろうか。身長の高い、目元がシャープな落ち着いた雰囲気の男性だ。とても驚いた表情をして私を見つめている。会ったこともない男性だったのでただぼんやりと見ていると、私の前にいた女性スタッフがその男性に声をかけた。

「社長、どうかされましたか？」

社長？　この人はシーキャリアの社長なの？

するとその男性は、「すみません。人違いでした」とにこりと微笑み、そのまま立ち去っていった。そしてパソコンのスキルチェックを終えたところで、女性スタッフが突然妙なことを口にした。

「本来ならこれで登録終了となるのですが、社長の湯川《ゆかわ》が桜井さんと面談をされたいそうです。ご案内いたしますので一緒にお越しいただけますか？」

「社長さんが私と面談ですか？　もしかして何か不都合でもありましたか？」

「いえ、そうではなくおそらく登録条件などの確認だと思います」

私を心配させないように配慮してくれているのか、その女性が優しい笑顔を向けてくれる。そして応接室のような場所に案内されて落ち着かない気持ちで待っていると、先ほどすれ違った男性が入ってきた。

「こちらにお呼び立てしてしまして申し訳ございません」

【株式会社シーキャリア　代表取締役社長　湯川海斗《かいと》】

受け取った名刺を見て本当に社長なんだと認識したものの、名前を見ても全く心当たりはなく、今まで一度も会ったことのない男性だった。そのままじっと名刺を見ていると、湯川社長がにっこりと微笑んだ。

「登録に来て突然私のような者に話しかけられたら驚きますよね」

「もしかして私、登録で何か不都合なことでもありましたでしょうか？」

不安になりながら恐る恐る尋ねる。

「いえ、履歴と職歴を拝見しまして、少しご確認させていただきたいと思いまして」

「確認……ですか？」

「はい。答えられる範囲で構いませんのでいくつかご質問をさせていただいてもよろしいですか？」

湯川社長は先ほどスタッフが持っていた私の履歴書と職歴の資料を見ながら質問を始めた。

「では最初に、スノーエージェンシーのような大手の営業アシスタントとして働いていらっしゃったのに、派遣で希望する仕事はデータ入力で、できるだけ他人と関わらない職場というのはどうしてでしょうか？　パソコンのスキルチェックではパーフェクトに近いスキルをお持ちですので、もっと違う仕事で活《い》かした方がよろしいかと思いまして」

その質問を聞いて私はここに呼ばれた理由を理解した。誰が見ても今までとは全く違う仕事を希望して、しかもデータ入力のみ希望というのは確かに不思議に感じるはずだ。だけどここで彼氏に裏切られて他人が信じられなくなったとか、自分の気持ちが回復するまでは一心に入力をする仕事がいいとは言えない。私は怪しまれないように笑顔を向けた。

「スノーエージェンシーでの仕事はとても楽しくてやりがいもあったのですが、常にクライアントの予定に合わせての仕事でしたので、自分のスケジュール通りに業務を行うことが容易ではありませんでした。それに朝の満員電車のストレスもありまして精神的にかなり疲れてしまいました。ですので一度リセットをしてこれから自分に何が向いているのかを考えようと、今までとは全く違った仕事を希望いたしました。それとパソコンですが、資格を取るために現在勉強中でしたので結果が良かったのではないかと思います」

「なるほど。では前職の業務内容に不満があったということではないのですね？」

「仕事の楽しさを教えていただいたスノーエージェンシーには、とても感謝していいます」

湯川社長は私の話に納得してくれたのか大きく頷いた。

「ではデータ入力以外でも土日週休二日で、ご自宅から近くて他人と関わる仕事でなければ大丈夫ですか？　例えば前職と同じような広告関係の職場とか、他にはそうですね……、極端ですが一人で掃除をするような仕事とか？」

「業種には特にこだわりはありませんが、広告代理店はやはり忙しいと思いますので、そうですね……広告の仕事で携わっていた不動産関係の職場などでしたら大丈夫です。一人で黙々と仕事ができるのでしたら掃除をする仕事でも構いません。ですが掃除は家事程度の掃除しかできませんので本格的な掃除の仕事は無理だと思います」

　このような質問をしてくるということは、業種にこだわる人もいるのだろう。不動産関係の職場でデータ入力の仕事があればこれまでの知識も活かせるかもしれない。

「わかりました。ではもうひとつ。派遣期間が半年から一年でご希望されていますが、延長は難しいということでしょうか？　桜井さんのスキルですと派遣先からの延長を希望されることはじゅうぶん考えられますので確認の意味で。あっ、もしかして一年後にご結婚を控えていらっしゃるとか？」

「いえ……。自分を見つめ直すのに漠然と一年くらいかなと思っただけで……。やっぱり一人で生きていくためにはまた正社員で探そうと思っています」

「一人で生きていく？　まだお若いのに？」

　湯川社長が驚いたように私の顔を見る。

「私は結婚することは考えていないので……」

「申し訳ございません。立ち入ったことをお聞きしました。それと……」

どうしたのだろうか。湯川社長が今度は少し尋ねづらそうな表情をしている。

「これは業務とは関係ないのですが、もしかして藍沢《あいざわ》梨香子さんという女性をご存知ですか？」

「あいざわりかこさんですか？　いえ、聞いたことないですけど……」

「そうですか……。わかりました」

湯川社長はどこか釈然としないような顔をしながらも頷いた。

あいざわりかこって誰だろう？

さっきも「りかちゃん」って私に言ったよね。

そういえばこの間ヒルトンでも「りかこ」って声をかけられなかった？

質問が終わったのでそろそろ帰ろうかと声をかけようとした時、湯川社長が再び口を開いた。

「桜井さん、先ほどのお話を伺ってひとつ提案したい派遣先があるのですが、選択肢として家事代行の仕事というのはいかがでしょうか？」

「はい？　あの、家事代行というのは……？」

よくわからない質問に首を傾《かし》げて聞き返す。家事代行と聞いて思いつくのは家政婦のような仕事しか思い浮かばない。

「一般的に言う家政婦の仕事です。私の知人が少し特殊な家政婦を探しておりまして、もちろん面談はしていただくのですが、おそらく桜井さんなら大丈夫かと」

突然何を言い出すのだろう。家政婦の仕事なんて絶対に無理だ。私は拒否するように思いっきり首を横に振った。

「いえ、無理です。私、家政婦なんてしたことありませんし、掃除も洗濯も料理も完璧ではありません。それに家政婦だと雇い主の方と毎日顔を合わせないといけないですよね？　できるだけ他人とは関わりたくないのですが」

「それは大丈夫です。雇い主が仕事に行っている間にお願いする家政婦なので」

湯川社長はそれはもちろん大丈夫だと言わんばかりに大きく頷いた。

「それでも私には家事代行の仕事は無理です。データ入力以外の仕事でも構いませんが家事代行以外の仕事でお願いします。それより家事代行の派遣もあるのですか？」

無理だと何度も首を横に振り、何とか話題を変えようと逆に質問をしてみる。

「ありますよ。弊社では家事代行の派遣はしておりませんが、他社には家事代行専門の派遣会社もあります」

「えっ？　ではもし仮に今の家事代行のお話を引き受けるとしたら、別の会社に登録をして派遣されるということでしょうか？」

話を変えたつもりが、つい「家事代行のお話を引き受けるとしたら」なんて言ってしまい、心の中で後悔してしまう。

「違います。これは私の友人が家政婦を探していましてね。家政婦と言っても自分がいない間に他人を家に入れるので審査が結構大変なんです。今日桜井さんの履歴や職歴、スキルを確認させていただいて桜井さんが優秀な方だとよくわかりました。桜井さんの希望されている仕事が他人とは関わらない職場ということですし、どうかなと考えたのです。仕事は週三日。十時から十六時まで。こちらからのお願いになりますので、給与はデータ入力の仕事で一カ月働いて支給される額と同じ金額をお支払いします。保険も福利厚生も全て含まれております。いい条件だと思いませんか？」

湯川社長は自信を持って私に勧めるように穏やかな表情で微笑んだ。確かに条件としてはいいけれど美味しい話には必ず何かがあるというし、それに私に家政婦の仕事が完璧に務まるとは到底思えない。

ここはやっぱり……。

「あのっ」

「とりあえず」

湯川社長と声を出したタイミングが重なってしまった。

「とりあえずデータ入力の仕事のご紹介と一緒に、私の友人にも会っていただけませんか？　もしかしたら彼が断るかもしれない。一度彼から仕事内容を聞いていただきたいのですが」

そう押し切られ、私は「話を聞くだけなら」と言って湯川社長の友人に会うことを受け入れた。


シーキャリアに登録に行ってから三日が経った。データ入力の求人が入ったらすぐに連絡をしますと言われていたけれど何も音沙汰はなかった。やはり希望通りの仕事はすぐには見つからないようだ。

家にいることは全く苦痛ではないけれど、掃除と洗濯をしてしまったら何もすることがなくなるので一日の大半の時間を持て余してしまう。外出をする気にもならないし何も変わらない求人情報に大きな溜息をついていると、仕事を辞めて以来ほとんど鳴ることのなかった携帯が急に震え出した。固定電話の知らない番号だけれど、横浜の市外局番である０４５と表示されている。おそらくシーキャリアからだ。私は緊張しながら携帯の通話ボタンをタップした。

「もしもし、桜井遥菜さんの携帯でお間違いないですか？」

電話の声は女性ではなく男性だった。一瞬、出なければよかったと後悔する。

「はい、そうですけど……」

「先日お話をさせていただきましたシーキャリアの湯川です」

まさか湯川社長本人から直接連絡が入ると思っていなかったので、私はかなり焦ってしまった。

「あの、先日はありがとうございました」

「こちらこそ先日はありがとうございました。ところでこの間お話ししました家事代行の仕事の件で、友人の話を聞いていただきたいのですがよろしいでしょうか?」

「あっ、あの特殊な家政婦さんを探してらっしゃるという……」

「そうです。急で申し訳ないのですが友人の時間が取れるのが本日の夕方になりまして、本日十七時に弊社までお越しいただけると大変有り難いのですが」

「えっ? きょっ、今日ですか?」

まだデータ入力の仕事も紹介してもらっていないのに、いきなり家事代行の仕事の話だなんて戸惑ってしまう。

「そうなんです。やっぱり急なのでご都合が悪いですか?」

「いえ……。大丈夫なのですがこんなに急だとは思っていなかったので……」

「すみません。友人もかなり忙しい人間でして、ちょうどタイミングよく今日の夕方に時間が取れたものですから。お願いできますでしょうか?」

そう言われてしまうと断る理由が見つからない。私は気が進まないながらも、「では本日十七時にお伺いします」と返事をして電話を切った。

湯川社長から電話を受けたあと、私は急いで支度をして再びシーキャリアを訪れた。

受付で電話をしてドアの前で待っていると、前回私を案内してくれた女性スタッフが現れ、先日湯川社長と話をした部屋まで案内してくれた。

「桜井さん、急にお呼び立てして申し訳ございません。こちらにおかけください」

部屋の中に通されて椅子に座ろうとしたところで、私は「あっ」と声をあげた。私の声に既に部屋の中に座っていたもう一人の男性がこちらに視線を向ける。

「なんだ。もう理人《りひと》は桜井さんのことを知っていたのか」

湯川社長は私とその男性を交互に見ながら笑顔を向けた。

「あ、いえ。知っているというか……人違いでお会いして……」

なんて説明していいのかわからず、私は湯川社長とその男性を何度も見比べていた。

人違いでお会い？　こんな変な日本語ってないよね？

私は何を言ってるんだろう……。

この人ってこの間ヒルトンで会ったイケメンの人だよね？

すると私の言葉を聞いた湯川社長がその男性を見て楽しそうに笑い出した。

「理人、お前も桜井さんを梨香ちゃんと間違えたのかよ」

「そんなことより海斗、早くしろよ」

男性はそのことに触れてほしくないのか不機嫌そうに湯川社長を睨んだ。

「悪い悪い。桜井さん失礼いたしました。ではこちらにおかけいただけますか？」

湯川社長がその男性の隣に座り直し、私は二人の正面に座った。

「桜井さん、先日お話させていただいた家事代行の件で、こちらが派遣先……というか雇い主で私の友人の綾瀬《あやせ》理人さんです」

「は、はじめまして。桜井遥菜と申します」

目の前の男性は湯川社長とは対照的に腕を組んで険しい顔を私に向けている。

「桜井さんは理人……いや、この綾瀬のことはご存知ないですか？」

「えっ……？　は、はい……」

質問をされている意味がわからずそのまま頷く。私の表情を見た湯川社長は嬉しそうな笑顔を隣の男性に向けた。

「理人、そのルックスだと業界には知れ渡っていると思っていたけど、お前もまだまだだな」

「誰が俺のことに興味があるんだよ」

「あるだろ。こんなイケメンで綾瀬不動産の御曹司《おんぞうし》で独身となれば、近づきたい女性はいくらでもいるぞ」

「俺は全く興味ないし」

二人のやり取りを聞いて私は驚いて目を瞠った。

綾瀬不動産と言えば日本でその名を知らない人はいないほどの不動産業界トップの大企業だ。マンションや戸建ての建設はもちろんのこと、都内にある超高層ビルの建設や大型商業施設、テーマパークなどの事業にも携わっている。また日本だけにとどまらず世界でもその名は知られていて、世界各地でビル事業やホテル事業などさまざまな事業を展開している。

うそでしょ……。

こんなところで綾瀬不動産の関係者、それも御曹司に会うなんて……。

というのも不動産関係の広告業務を五十年以上も行い、大手企業として名を連ねるスノーエージェンシーでさえ、仕事の依頼を受けるのは容易ではなかったからだ。私が在籍していた六年間の中でも綾瀬不動産の仕事に携わったのは二回しかない。それは綾瀬不動産の広告は全て綾瀬不動産グループの広告代理店が請け負っているからだ。

ただ一年に一度だけ、新築マンションの広告で外部業者も入れるプレゼンがあり参加させてもらえるのだけれど、綾瀬不動産の仕事となるとどの広告代理店も喉から手が出るほど欲しいので、そのプレゼンはかなりの競争率だった。

雇い主になるかもしれない人の正体を聞いて両手で口元を押さえて呆然としている私に湯川社長が頬を緩ませた。

「すみません。失礼いたしました。理人とは中学時代からの友人でしてね。桜井さんの前でついこんな風に……」

「い、いえ……」

首を横に振ることが精一杯で言葉が出てこない。

「桜井さんはスノーエージェンシーに在籍されていたので理人のことは知っているかと思ったのですが、ご存知なかったのですね」

「はい……」

こんなイケメンが綾瀬不動産の御曹司なら相当モテるだろう。

女性には困らないんだろうな。

そんな思いが頭の中を通り過ぎていく。

「ところで桜井さん、家事代行のお仕事のお話ですが、先ほども申し上げました通り、この綾瀬の家でお願いしたいと思っています」

「はい……。えっ、私が……？　あ、綾瀬さんのお家でですか？」

「そんなに驚かなくても……。何か問題でも？」

あまりにも素っ頓狂な声を出してしまった私を見てクスクスと笑う湯川社長のことなんて気にもせず、綾瀬さんは表情を崩さず鋭い視線で私を見る。

「問題はありませんが、少しびっくりしたものですから……」

私の回答に湯川社長は再び微笑むとそのまま話を続けた。

「仕事は先日お伝えした通り、月木金の週三日、十時から十六時まで。業務内容は部屋全体の掃除、洗濯、スーツやワイシャツのクリーニング、それと新聞広告の整理。主な仕事はこのようになります。その他、綾瀬からの用事があれば伝言を受けて行っていただきます。料理は必要ありません。ここまでで何かご質問はございますか？」

いきなり質問はあるかと聞かれても、綾瀬不動産の関係者の家事代行だなんて全く頭が働かない。

「質問がなければ話を進めさせていただきますが」

湯川社長は私を見てにこりと微笑んだ。

えっ？　話を進める？　まさか私がこの仕事をする前提で話をしてないよね？

私、こんな人の家で家事代行の仕事なんて絶対できない。断らなきゃ……。

「質問はありませんが今日はお話を聞くだけでまだ決定ではありませんよね？」

「決定ではありませんが、ぜひ桜井さんに引き受けていただきたいとは思っております」

「えっ？」

「理人に近づこうと画策してくる女性もいるのでおおっぴらに募集ができないし、色々求める基準も高くてなかなか決まらなかったんです。それにこの性格もあって」

湯川社長の言葉に思わずといったように綾瀬さんが口を開いた。

「単刀直入に言う。俺は日々の業務が忙しく家のことに割いている時間はない。それに長年勤めていた家政婦が辞めて大変困っている。仕事内容は海斗、いや湯川が言った通りだ。君の経歴は確認させてもらった。スノーエージェンシーでアシスタントをしていた君なら広告の整理も容易な仕事だろう」

なんか上から目線で言い方はすごく気に入らないけれど、家のことに割いてる時間はないというのは納得できる。相当忙しいのだろう。それにアシスタントをしていた時のスキルも活かすこともできる。だけど――。

「あ、あの、ひとつご質問してもよろしいでしょうか?」

「なんだ?」

「家政婦として働く時間が十時から十六時ということは、綾瀬さんがいらっしゃらない留守の間にお家に入るということですよね? 今日会ったばかりの見ず知らずの私をお家に入れるほど信用できるのでしょうか?」

留守の間に家に入って何かが盗まれたなんて言われたら堪ったもんじゃない。それに私だったらこんな会ってすぐの人間を家政婦として採用するなんてありえない。

「それなら大丈夫だ。鍵の受け渡しはコンシェルジュを通してもらう。寝室は鍵がかかっているから入れないいし、貴重品は全て俺が管理している。それに君はスノーエージェンシーにいたんだろう？　もし俺のところで何か不審なことをすれば、君は元社員ということでスノーエージェンシーは相当なダメージを受けるだろうな」

「そ、それって少し脅しのように聞こえるのですが……」

私の言葉に綾瀬さんはフッと口元を緩めた。

「脅し？　違う、信用だ。悪いが君の経歴を確認させてもらったあと、知り合いを使って君のことも調べさせてもらった。こちらも自宅に他人を入れないといけないのでね。それで佐山さんからスノーエージェンシーではアシスタントとして丁寧な仕事をして、責任感も強く真面目で頼りになる人間だと教えてもらった。そんな君がスノーエージェンシーに迷惑をかけるようなことは絶対にするわけないだろ？」

「佐山さんって……佐山部長のことですか？」

「そうだ。佐山部長だ。君の上司だったんだろう？」

「はい……」

シーキャリアに登録してまだ三日しか経っていないのに佐山部長にまで私のことを聞いているとは。勝手に調べるなんてここは怒るところなんだろうけれど、私にはそれよりも「綾瀬不動産の力ってすごい」という驚きの方が強かった。

「それと佐山さんはスノーエージェンシーの君の退職理由は、家庭の事情で実家に帰るからだとも言っていたよ」

「あっ……」

佐山部長からそんなことも聞いているの……？

気まずくて徐々に視線を落とす私を見て綾瀬さんは再びフッと笑った。

「家庭の事情で実家に帰ると言って退職した君が、なぜこの横浜で派遣社員として働こうとしているのか。そんな理由など俺には全く興味はない。きちんと仕事をしてくれればいい。ただそれだけだ」

「はい……」

「とりあえず一週間、君の仕事を見せてもらう。それから正式契約だ。いいか？」

どうしてこんなことになってしまったのだろう。家政婦をするとはひとことも言っていないのに話がどんどん進んでいる。私はデータ入力の仕事をしようと思っていたのに。

「おい、いいか？」

綺麗な二重の黒い瞳が私を見つめた。頷くことしか許されそうもない鋭い視線が突き刺さる。

「はい。わかりました……」

私の返事に湯川社長は嬉しそうに笑顔を向けた。

「よかった。桜井さんなら大丈夫だと思ったんだよね。いい人材がうちに登録してくれたよ。なあ理人、俺の見る目はあるだろ？」

にやにやと顔を綻ばせ冗談っぽく綾瀬さんを肘でつついている。普段から仲のいい二人なんだろう。そんな湯川社長のことなんて綾瀬さんは全く構うことなく、テーブルの上に置いてあったメモ用紙にさらさらと文字を書くと私の目の前に置いた。顔と同じようにとても整った綺麗な文字だ。

「俺の住所だ。来週月曜日十時、ここのコンシェルジュを訪ねてくれ。あとはうちの社員が指示を出す」

「わかりました……」

住所は横浜の山下《やました》公園の近く。

もちろんマンションは綾瀬不動産が建設したマンションだ。

さすがだよね。やっぱりいいところに住んでるんだな……。

私はそのメモを鞄の中にしまうと、二人に挨拶をしてがっくりと肩を落としながらシーキャリアを後にした。

オフィスビルを出た私は最寄り駅には向かわず、そのまま横浜駅方面へ向かって歩き始めた。途中、目にとまったカフェに入ってアイスティーを注文し、緊張でカラカラになった喉を潤したあと、鞄から携帯を出して綾瀬不動産のホームページを開いた。

先ほどの男性が綾瀬不動産の御曹司ならここに名前が載っているかもしれない。

役員一覧の画面をゆっくりとスクロールさせながら書いてある名前をひとつずつ確かめる。するとたくさん名前が記載されている中に、先ほどの男性の名前を見つけた。

記載されている役職に思わず目を丸くして、片手で口元を覆う。

【取締役常務執行役員　兼　統括営業本部長　綾瀬理人】

えっ、うそっ……。

あの人、取締役？　常務執行役員？

信じていなかったわけではないけれど本当に綾瀬不動産の御曹司だったんだと驚いてしまう。それに統括営業本部長を兼務しているということで、佐山部長のことを知っていたのも納得できた。おそらく広告のプレゼンで面識があるのだろう。ただ役員一覧の中には綾瀬という苗字《みょうじ》の人が社長とは別にもう一人いる。私は他に詳しい情報はないかと今度は【綾瀬理人】だけで検索をかけてみた。

ズラリと出てきた検索結果を少しずつスクロールさせながら見ていると、『綾瀬不動産　取締役常務執行役員に綾瀬理人氏が就任……』と書いてある記事タイトルが目に入った。それをタップすると二年前に発表された人事異動の記事が出てきた。

『綾瀬不動産は四月一日付で取締役常務執行役員に、綾瀬理人氏が就任すると発表した。理人氏は同社の執行役員で主に住宅関連事業に携わってきた。このたび新たにビルディング、商業施設、ホテル事業を統括する統括営業本部長も兼任する。

理人氏は綾瀬不動産代表取締役社長、綾瀬航一《こういち》氏の次男であり、取締役副社長の綾瀬郁人《いくと》氏は兄にあたる。年齢三十二歳』

あの人、綾瀬不動産の次男なんだ。

二年前の三月の記事で三十二歳ってことは、今は三十四か三十五歳ってことか。

なんか凄《すご》い人のところで仕事することになってしまった。

とにかく一週間はきちんと仕事をやりとげないといけないよね。

佐山部長にも迷惑かかったらいけないし……。

私は気が進まないながらもこの一週間はきちんと仕事をして断ろうと心に決めた。

翌月曜日。今日から月木金の三日間、綾瀬さんの自宅で家政婦の仕事が始まる。初日ということもあり、私は二十分前には到着しておこうと早めに家を出た。そしてマンションの前に到着した私は颯爽《さっそう》とそびえ立つ建物を見て目を瞠った。

綾瀬不動産が手掛ける『Ｌａ　Ｆｅｌｉｃｅ』シリーズのマンションだ。

『ラ・フェリーチェ』とはイタリア語で〝幸せ〟。

帰りたくなる家をコンセプトとしたハイグレードな高級マンションだ。

交通の利便性や周りの周辺環境はもちろんのこと、快適で心地よく暮らせるよう高いクオリティとデザイン性を追求していてかなりの人気がある。綾瀬さんが住んでいるこのマンションは十五階建てなので驚く大きさではないけれど、外観は見るからに高級感に溢れていた。東京だとこのシリーズのタワーマンションは三億近いと聞いたことがあるけれど、ここはいくらするのだろう。高級な外観に圧倒されながら私はエントランスの中へ入っていった。

足を踏み入れた瞬間、またしても目を奪われてしまった。

まるでホテルのロビーのようにラグジュアリーなソファーが備えられていて、大きな花瓶には鮮やかな花まで飾られてある。奥にはフロントがあり女性のコンシェルジュが二名待機していた。

私は緊張しながらフロントまで進むとコンシェルジュに声をかけた。

「桜井と申します。綾瀬さんより本日十時にこちらに訪ねるようにと言われたのですが」

怪しく思われないように愛想良く丁寧に挨拶をする。するとフロントの女性がにこりと笑顔を向けてくれた。

「はい。伺っております。少々お待ちいただけますでしょうか」

女性はフロントの奥に引っ込むと今度は若い男性と一緒に出てきた。雰囲気からして私より年下だろうか。初々しい感じがする。

「桜井さんですね。私は綾瀬不動産の早川《はやかわ》と申します。常務の綾瀬より桜井さんのことは伺っておりますので、本日は私がご案内させていただきます」

早川と名乗ったその男性は私を誘導するように前を歩くと、エントランスとは別のドアの前へ向かった。

「まずこちらが居住者用のエレベーターへの入り口になります。木曜日にこちらに来られた際は、まずコンシェルジュよりＩＣカードと鍵を受け取ったあと、この居住者用の入り口に向かってください」

「は、はい……」

いきなり説明が始まり慌てて返事をする。

「次に入り口の操作盤にこのＩＣカードをかざすとドアが開き、居住者用のエレベーターフロアが現れます。中に入りエレベーター横のこちらの操作盤に再びＩＣカードをかざすと今度はエレベーターのドアが開きます。二基あるエレベーターのどちらに乗っていただいても構いません。そしてエレベーターに乗っていただいたあとは、中にある操作盤に再度ＩＣカードをかざしたあとに指定の階数を押していただきます。綾瀬常務……、いえ、綾瀬の部屋は十二階になります」

早川さんはモデルルームの案内でもしているかのように私に説明するけれど、私は初めて見るセキュリティの凄さに言葉が出なかった。

部屋に入るまで三回もＩＣカードをかざすの？

コンシェルジュのいる高級マンションはセキュリティが凄いとは聞いていたけれど、こんなにも厳重だとは思わなかった。十二階に到着してエレベーターのドアが開く。ドアが開いた瞬間、私はまた言葉を失った。マンションというよりこれはまさにホテルだ。屋内廊下にカーペットが敷かれ、心地よい温度で空調が管理されている。また外からは全く見えないため、プライバシーは守られているし防犯性も高くて、天気なんて全く気にすることはない。

「すごい……。こんなマンション初めて見たかも……」

「そうですよね。こちらはセキュリティも厳重で内廊下のマンションになりますのでラ・フェリーチェシリーズの中でも最高級のマンションになります」

早川さんはそう説明しながら爽やかな笑顔を向けた。

「それで部屋は一二〇一号室になります。ちなみに鍵は絶対にピッキングや破壊することが不可能だと言われているプログレッシブシリンダーキーです」

顔の横で鍵を見せながら早川さんが得意そうに説明をしてくれる。確かに私も今までマンションの広告制作に携わってきたので全て知っているけれど、実際にこうして目にするのは初めてだ。こんな高級なマンションに住む人たちはいったいどんな職業の人たちなのだろう。とんでもないところに来てしまったという気持ちがとても大きくなっていた。

カチャリと音がして鍵が開き、部屋の中に通される。玄関で靴を脱ぎ、早川さんの後ろについて部屋へと繋《つな》がるドアを開けた途端、目の前にまたしても驚くような広いリビングが現れた。大きな窓の向こうには青い海や横浜ベイブリッジ、そして山下公園が見える。横の壁にはこれまた大きな画面のテレビが掛けられていて、ベージュ系で纏《まと》められたお洒落なソファーとテーブルが置いてあった。

「モデルルームみたい……」

思わず口元を手で覆って目を瞠ると、早川さんは楽しそうに私の様子を見てクスクスと笑った。

「本当にモデルルームみたいですよね。このリビングは二十五畳もあるんです」

リビングの大きさを聞いて驚きすぎて言葉も出ない。やはり綾瀬不動産の御曹司だからこのようなマンションに住めるのだろうか。

「こんなマンションが購入できるってすごい……」

そんな心の声がいつの間にか口から漏れていた。

「ここは常務が購入されたのではなくて会社から借りて住んでいるんです。二年前まで常務は住宅関連事業に携わっていたので、自分がこうしてラ・フェリーチェシリーズのマンションに住んで改善点を見つけては次のマンションに取り入れていました」

「そうなんですね。こうしてご自分が住まれて改善点を見つけるなんてさすがと言うかすごいですよね」

「僕もそう思います。すごく尊敬できる人です」

まるで自分が褒められているかのように早川さんは喜んでいる。

「それで桜井さんにお願いする仕事ですが、このリビングとトイレやお風呂の掃除、そして洗濯とその他に部屋が二つありますのでその部屋の掃除をお願いします。あとクリーニングに出すものは下のコンシェルジュに渡していただき、出来上がったものを受け取ってクローゼットにかけておいてください。それとここに広告があるのですが、この中からマンションや戸建てに関する広告を全て取り出して整理していただけますか？」

ソファーの横に新聞と一緒に折り込みチラシが乱雑に積まれている。結構な量なのでこれは整理をするだけでもかなり時間がかかりそうだ。

「それとあちらの部屋は寝室になりますので何もしなくて結構です。お聞きになっていると思いますが、鍵がかかっているので入れません」

早川さんはそう言ってリビングの奥の部屋を指さした。そしてひと通り部屋の中を案内して掃除用具の場所を説明したあと、私に鍵とＩＣカードを渡してくれた。

「こちらが鍵とＩＣカードです。全て終わりましたら鍵をかけてＩＣカードと一緒にコンシェルジュにお渡しください。では僕はこれで失礼します」

「わかりました。きちんと鍵をかけてコンシェルジュの方にお渡ししておきます」

私がそう言って頭を下げると、早川さんは部屋から出ていった。

さてと……。早く掃除を始めなきゃ。

このマンションに入ってから既に一時間近く経過している。とりあえず私はエプロンをして洗濯機をまわすと、グラスが散乱したシンクの掃除から始めた。ビールの缶やペットボトルを集めたあと部屋全体に掃除機をかける。埃《ほこり》が溜《た》まっている場所は雑巾で拭き、トイレとお風呂は洗剤をかけてしっかりと磨いた。

綾瀬さんは仕事が忙しくて家のことに割いている時間はないと言っていたけれど、ここには眠りに帰ってきているだけなのか、それとも本来は綺麗好きな性格なのか、キッチンはシンク以外ほとんど汚れていないし、部屋もそこまで汚くはなかった。

気になったといえばクリーニングに出すワイシャツやスーツがリビング以外の部屋に乱雑に置かれてあったり、またクリーニングから戻ってきたスーツがクローゼットにしまわれずそのままだったり、あとは拭き掃除をしてないせいかところどころに埃が溜まっていたのと、お風呂や洗面台に水垢《みずあか》が付着している程度だった。

あと二十分で十六時か……。

広告の整理は木曜日にして今日は洗濯物を畳んだら帰ることにしよう。

あっという間に時間が経っていた。まだ広告の整理が終わっていないけれど、十六時以降もこの部屋に居て怪しまれても困る。今日は初日なので疑われるような行動はできるだけ避けたいし、きっとコンシェルジュに何時に帰ったのか確認するだろう。それに今まで広告の仕事をしてきた私としては、不動産の広告だけをピックアップしてそのまま纏めて置いておくというのも気が進まなかった。整理をするのならきちんとわかりやすくしておきたい。

どうやって整理したらわかりやすいかな？

木曜日までに考えてみよう。

洗濯物は洗濯機に入れておくと乾燥までしてくれるので終わったものを畳むだけでよかった。それもほとんどタオルとシャツだけで下着などは一切ない。

さすがに下着を他人に触られるのは嫌だよね。

私も触りたくないけど……。

私は乾燥が終わったタオルを畳むと収納棚にしまい、早川さんに言われた通りコンシェルジュに鍵とＩＣカードを返してマンションを後にした。

木曜日。今日は二回目の家政婦の仕事だ。

今日からは一人なので、私は九時五十分に綾瀬さんのマンションに到着するとコンシェルジュからＩＣカードと鍵を受け取り、教えてもらった通り三カ所のセキュリティを潜り抜け、十二階の部屋の前へ辿《たど》り着いた。そして十時ちょうどになったことを確認して、早川さんがピッキングや破壊することが不可能だと言っていた鍵を挿し込みドアを開けた。

「失礼します」

とりあえず声をかけ、何の応答もないことにほっとしながら靴を脱いで部屋の中へ入った。そして部屋に繋がるドアを開けると、リビングの大きな窓からオーシャンビューの景色が飛び込んできた。

「うわぁ、この景色ってほんと綺麗だよね」

思わず窓の近くまで行ってその景色に目を奪われながらも、今日は広告の整理をするため、私はさっそく掃除と洗濯を始めた。月曜日に掃除をしたからなのか今日はほとんど汚れていない。グラスを洗い掃除機をかけたあと、いろんな場所を雑巾で拭いていく。トイレやお風呂、洗面台の掃除もあっという間に終わり、お昼前には前回全く手をつけなかった広告の整理に取りかかることができた。

二カ月以上溜め込まれた広告をひとつずつチェックしながら、マンションや戸建ての広告とそれ以外の広告に分けていく。新聞は一ページずつ捲《めく》り、マンションの全面広告などが掲載されていないかを確認していった。そして分別が終わると、私は廃棄する新聞と広告を紐《ひも》で縛って捨てにいった。ここは本当に便利なマンションだ。ゴミ置き場が部屋と同じフロアにあるうえに二十四時間いつでもゴミを捨てることができ、毎日清掃業者の人がゴミを回収して綺麗にしてくれるなんて快適この上ない。

私は二往復して新聞と広告を廃棄すると、今度は家から持ってきたクリアホルダー付きのスクラップブックを取り出した。月曜日にここでの仕事を終えて家に帰ったあと、どのように広告を纏めようかと考えて一番整理しやすいスクラップブックに入れておくことにしたのだ。そうすれば部屋の中に置いていても綺麗に見えるし、見たいときにその一冊を手に取ればすぐに広告が確認できる。

昨日文具店などを色々見てまわり、その中で使いやすそうなスクラップブックとインデックスシールを購入した。勝手なことをして怒られるかもしれないけれど、何か言われたら私には家政婦の仕事は向いてないので別の人を探してほしいと言えばいい。そう開き直ることにして私はさっそくそれを使ってマンションと戸建ての二冊のスクラップブックを作り、その中に広告を入れていった。次にインデックスシールを使ってマンション用はマンション名を、戸建て用は会社名をつけていく。マンションに携わる仕事をしている人間なら、マンション名を見ただけでどこの会社かわかるからだ。集中して作成していたら時間は十六時を十分も過ぎてしまっていた。

「うわっ、もうこんな時間。早く帰らなきゃ！　残りは明日にしよう」

すぐにスクラップブックをソファーテーブルの上に置き、急いで部屋を出る。鍵をきちんと閉めたあと、急いで一階へ降りてコンシェルジュに鍵とICカードを返した。

そして翌日。家政婦の仕事も三日目になり、試用期間の最終日だ。スノーエージェンシーを退職してから毎日時間を持て余していたけれど、今週はこうして外に出ているせいか時間が経つのが早く感じる。

とりあえず三日間きちんと仕事をしたら何も言われないよね？

今日が終わったらきちんと断ろう。

そう心に決めて私は綾瀬さんのマンションに向かった。

昨日の今日でしかも三回目ともなればコンシェルジュも私の顔を見ただけで、綾瀬さんの部屋の鍵とICカードを渡してくれる。私は月曜日に出していたクリーニングを受け取り、綾瀬さんの部屋へ向かった。そして掃除と洗濯をひと通り済ませると、昨日のスクラップブックの続きを始めた。今日が最終日ということもあり、今日中に完成させせようと集中して黙々と作業をする。かなりの数の広告を整理していくのは大変だったけれど、久しぶりにマンションの広告を手にする作業はとても楽しかった。

「あー、やっとできた！」

私は両腕を上げて大きく伸びをした。自分で満足のいく仕上がりになり、達成感と嬉しさで思わず笑顔になる。

「この後どうしようかな。床でも雑巾がけしておこうかな？」

時計を見るとまだ十五時過ぎだった。時間もあるので雑巾で床を拭いていると鞄の中から携帯のバイブ音が聞こえてきた。

「誰だろう？」

画面に表示されている番号は知らない携帯番号だった。誰かわからないので無視をしていると、一度切れたあとに再び携帯が鳴り始めた。今度は先ほどよりも長くしつこく鳴り続けている。私は雑巾を置いて手を洗うと携帯の通話ボタンをタップした。

「やっと出たな。俺だ、綾瀬だ」

「はい？　綾瀬さん？」

そう呟《つぶや》いた瞬間、「あっ！」と声を上げる。

「す、すみません。お疲れさまです」

誰もいないのになぜかその場で頭を深く下げてしまう。

「悪い。電話番号は海斗から聞いた。まだマンションにいるだろ？　これから二階に降りてきてくれないか？」

「二階？　このマンションの二階ですか？」

「そうだ。俺も今から二階へ行く。もうすぐ着くから」

私が返事をする間もなく電話は切れていた。どれだけ忙しい人なんだろう。私は急いで雑巾を洗うとすぐに二階へ降りていった。なんと二階はスポーツジムになっていた。どうしていいのかわからずその場で立ち止まってしまう。すると真後ろからエレベーターの到着音がして綾瀬さんが現れた。私の顔を見るなり「こっちだ」と言ってそのまま真っ直ぐに進み、一番奥の会議室のような部屋に入った。

「そこ座って」

言われた通りに部屋の中に入り椅子に座る。そして綾瀬さんが私の目の前に座った。やっぱり忙しいのか先ほどから携帯のバイブ音が聞こえてくる。

「今日で試用期間が終わりだよな。だから来週からのことを言いにきた」

「あ、はい……」

「来週からも週三回、今までと同じように仕事をしてほしい」

「えっ？」

「仕事は合格だ。だから来週からもよろしく頼む」

「えっ、あの……」

断ろうとして口を開きかけたとき、また携帯が鳴り始めた。

「しつこい奴だな。悪い、今日はまだアポイントがあってこれから行かないといけないんだ。何かあればさっきの携帯番号にショートメールでも入れておいてくれるか。あっ、それとスクラップブック、なかなかわかり易《やす》かった。かかった費用は海斗に請求してくれ。じゃあ」

そう言うと綾瀬さんは携帯をタップして電話をしながら下へと降りていった。

今のは夢？　それとも幻？

風のように現れたかと思ったらすぐに消えていった状況を理解するのに私はしばらくその場から動けなかった。

えっ――。合格って……。来週からもここに来るってこと？

今日で終わりだと思ったから三日間頑張ったのに。

ただただ呆然としてしまう。別に仕事自体は嫌ではないけれど、『綾瀬さんの家』というのがとても気が重かった。

だけど――。

『スクラップブック、なかなかわかり易かった』

その一言はとても嬉しくて、綾瀬さんが座っていた椅子を見つめながら少しだけ顔が綻んでいた。

もう少しだけ続けてみようかな……。

なんとなくそんな気持ちが芽生えてくる。

最初は気が進まなかった家政婦の仕事だけれど、一カ月を過ぎるころにはいつしかこのマンションに通うことが苦痛ではなく楽しみになっていた。

結婚してくれないか

「今日も暑そうだな」

リビングの窓から外の様子を眺めながら私はエプロンを脱ぎ始めた。

家政婦の仕事を始めてからあっという間に三カ月が過ぎ、この仕事にも完全に慣れ、十六時になるとこうして帰り支度を始めるのが日課になっていた。

「金曜だしデパ地下で何か買って帰ろうかな。久しぶりにアップルパイも食べたいな」

帰り道にどこに寄ろうかとあれこれ思案しながら鞄にエプロンを入れた時だった。

玄関からガチャリと音がしてドアの開く音がしたのだ。

今、玄関のドアが開いたよね……。

厳重すぎるほどセキュリティが万全なのに部屋の中に誰かが入ってくるなんてありえない。ということはもしかして早川さんだろうか。

するとカチャッとリビングのドアが開き、入ってきたのはなんと綾瀬さんだった。

えっ？　どうして……。

帰ってくるはずのない綾瀬さんが突然現れたことで一瞬固まったあと、私はすぐに頭を下げた。

「すみません。今帰ろうとしていたところです。すぐに失礼します。申し訳ございません」

急いでこの部屋から立ち去ろうと鞄に手を伸ばす。

「今日は君に折り入って話があって帰ってきたんだ。間に合ってよかった」

綾瀬さんは別に怒っている風でもなく、ソファーに鞄を置いてそのままスーツの上着を脱ぐと、それもソファーの上に無造作に置いた。どうしていいのかわからず立ったまま綾瀬さんの行動をじっと見つめてしまう。

「悪い、ちょっと待って。先に何か飲ませてほしい」

そう言って左手で首元のネクタイを緩めながら冷蔵庫を開けてミネラルウォーターを取り出すと、口の中に流し込んだ。ゴクッゴクッと動く喉元や長袖のワイシャツから出ている長い指が妙に色っぽくてその行動から目が離せない。そしてやっと落ち着いたのか小さく息を吐いてキャップを閉めると、急に整った顔を私に向けた。

「まだ時間ある？」

「えっ？　はい？」

じっと見ていたことで何を言われたのか聞いてなくて慌てて聞き返す。

「今から少し君と話がしたいのだけど、まだ時間はある？」

「は、はい。大丈夫です」

思わず頷いてしまったけれど話とはいったい何だろうか。

もしかして新しい家政婦が見つかったから今日で契約解除とか？

やっとこの仕事にも慣れてきて今の生活にも満足していたので、そんな話だと少し寂しいかもしれない。何を言われるのかといろんな考えが頭の中を巡り始める。

「こっちに来て座ってくれる？」

綾瀬さんは先にダイニングテーブルの椅子に腰を下ろすと自分の前の椅子を指さした。言われた通りに綾瀬さんの目の前に座る。すると緊張からか瞬く間に心拍数が上がり始めた。胸の鼓動が聞こえてしまいそうで、「お願いだから静かにして」と心の中で何度も願いながら膝の上でぎゅっと拳を握りしめる。

重い空気が流れる中をじっと待っていると綾瀬さんが静かに口を開いた。

「これから俺が言うことは君にとってとても失礼だということはじゅうぶんわかっている。だがそれを承知のうえで聞いてもらいたいんだ」

「はい……」

身構えながらチラッと様子を窺うと、言いづらい話なのか綾瀬さんは私に視線を向けたまま黙っている。

なに？　何の話？

何を言われるのかと緊張してじっと待っていることに耐えきれず、私は恐る恐る綾瀬さんに話しかけた。

「あの、なんでしょうか……？」

初めてきちんと真正面から見る綾瀬さんの顔に、なぜか胸の奥が痛いくらいにドクンと音を立てた。

やっぱりすごくかっこいい……。

つい見惚《みと》れてしまいそうになったけれど、肝心の綾瀬さんは話すことを躊躇っているのか咳払《せきばら》いをして考え込んでいる。

「もし新しい家政婦さんが決まったのなら私……」

「俺と結婚してくれないか」

しんと静まり返った部屋の中に落ち着いた低い声が響いた。

い、今なんて言った？

なんかプロポーズみたいな言葉が聞こえてきたんだけど……。

綾瀬さんの顔を見つめたまま、思考が一時停止する。

そんなことあるわけないでしょ！

綾瀬さんが私にプロポーズって……。

そんなの絶対にありえないし！

「えっと……すみません。もう一度おっしゃっていただけませんか？」

今度は聞き間違えないようにと私は髪の毛を耳にかけ、全神経を両耳に集中させた。

「だから俺と結婚してくれないか」

やっぱりこの人結婚って言った……。

う、うそでしょ……。

耳を疑っていたけれど聞き間違いではなかったようだ。

「けっ、結婚？　わ、わたしとですか？」

あまりにも驚きすぎて声が裏返ってしまう。

なのに綾瀬さんは落ち着いたまま当然のように頷いた。

「そうだ」

「あの、ちょっと意味がよくわからないのですが……。話す相手を誰かと間違えていませんか？」

今ここで何が起こっているのかさっぱりわからない。

この人、頭がおかしくなってしまったのだろうか？

「間違えていない。君にお願いしている」

綾瀬さんは首を横に振り、真剣な瞳で私を見つめた。

大企業の御曹司に、しかもこんなイケメンな男性に、『俺と結婚してくれないか』なんて言われたら世の中に断る女性はいるのだろうか。きっと、おそらく、いやほとんどの女性が頷いてしまうだろう。だけど私には頷くことはできなかった。『結婚』という言葉から清貴に裏切られたあの苦しみが蘇《よみがえ》ってくる。

「申し訳ないのですがそれはできません。私は綾瀬さんのことをよく知らないですし、それに誰とも結婚するつもりもありません。綾瀬さんでしたらもっと相応しい方がたくさんいらっしゃると思います」

「俺は君にお願いしているんだ。あっ、悪い」

綾瀬さんが顔を歪《ゆが》めて自分の前髪を掻《か》き上げるようにぐしゃっと掴んだ。

「どう話したら君に受け入れてもらえるのかとそればかり考えていたら肝心なことを言い忘れていた。結婚と言っても契約結婚なんだ」

「はい？　契約結婚？」

ますます意味がわからなくなった。この人は何を言っているのだろう。

「そうだ。俺と契約結婚をしてほしいんだ。期間は一年」

「一年？」

「ああ。俺は今まで結婚することに何の価値も見いだせずそういう話はずっと断ってきた。確かに君が言った通り、俺の肩書きに惹かれて寄ってくる女はたくさんいる。そういう女は簡単にあしらえるが、この年齢で独身ともなると最近は取引先や銀行の頭取の娘などを見合い相手として紹介されてな。よく言われる政略結婚ってやつだ。

正直かなり困っているんだ。俺は結婚するつもりもないし、かといって見合いを断るのも段々と厳しくなってきてな」

本当に困っているのだろう。心底嫌そうな顔をして重い息を吐いている。

「それで私と契約結婚……という話ですか？」

「そうだ」

「それは世間の人たちを欺《あざむ》くためということですか？」

「そういうことだ。申し訳ないが失礼を承知のうえでこうしてお願いしている」

やっとこの人の言っていることが理解できてきた。

契約結婚――。

確かに女性に言い寄られたり御曹司だからお見合いや政略結婚をさせられそうになるのはわかるけど、だからと言ってそれを回避するために私に頼む？

「どうして私なんですか？　他に頼める方とかいらっしゃらないのですか？」

「いたら君に頼まないよ。君のことは佐山さんからも聞いているし、三カ月間ここでの仕事を見せてもらって信用している。それに君は俺に興味がないだろ？」

「はい……」

「だからだ。俺は一年後に別れられる女性と結婚がしたいんだ。それともうひとつ、君の経歴だ。君がスノーエージェンシーにいたことで、仕事を通じて知り合ったと言えば怪しまれないし周りを納得させられる。自分勝手なことも失礼なことを言っているのもじゅうぶんわかっている。だけど頼む、考えるだけ考えてくれないか」

綾瀬さんはテーブルの上で丁寧に頭を下げた。

理由はわかったたし、助けてあげられるなら助けてあげたいけれど、こんなこと引き受けることは絶対にできない。

「どんなに頼まれても申し訳ないですが、やっぱり私にはできま……」

「頼む。少しだけ考えてくれないか。期間は一年間。一年後にきちんと離婚する。契約結婚と言っても今までと同じようにこの部屋の家事をしてもらうのと、うちの会社のイベントに夫婦で出席してもらうくらいでそれ以外は自由だ。お互いに干渉はなし。あくまでも今の関係の延長だと思ってくれたらいい。ただし一年間は他人との恋愛だけはNGだ。契約結婚ということがバレては困るからな。君も要望があったら教えてほしい。俺からお願いしている以上できる限り対処する」

急にこんなことを言われてもどう答えていいかわからず途方に暮れてしまう。

「来週の金曜日、今日と同じように十六時には帰るからその時に答えを聞かせてくれないか？」

私としては断る以外に答えは変わらないけれど、無理を承知でお願いしてきただけあって綾瀬さんも必死のようだ。

「わかりました。考えてはみますけど答えは変わらないと思います。期待はしないでください」

「ありがとう。いい返事を期待しているよ」

少しほっとしたような表情をして、初めて口元を緩めて弧を描く。

その整った笑顔になぜかまた胸の奥がきゅうっと反応した。


綾瀬さんのマンションからの帰り道、私は重い息を吐きながら歩いていた。

デパ地下に寄って美味しいごはんとアップルパイを買って帰ろうと思っていたのに、頭の中は契約結婚の話で何も考えられず、どこにも立ち寄る気にはなれなかった。こんなことは受けるべきではないとわかっているのに、頭の中では綾瀬さんが言った言葉が何度も繰り返される。

契約期間は一年。一年後に離婚。

そんなことが簡単にできるものなのだろうか。

いや、それよりも綾瀬さんは肝心なことを忘れている。まず綾瀬さんの両親がこの私を認めないはずだ。だって綾瀬さんと私では家柄が違いすぎるからだ。やっぱりこの話はどう考えても無理がありすぎだ。悩むことでもない。

契約結婚なんてしちゃいけないことだよね……。

そう頭ではわかっているのに――。

この先結婚はしないだろうと考えている私にとっては、少しだけ魅力的な話にも聞こえていた。このまま結婚しなければ両親や友達から何かしら言われることは目に見えている。だけど清貴とあんなことがあって私は男性を信じることがとても怖いのだ。信じて付き合ったところでまた裏切られたらもう立ち直れないし、そう考えるとますます怖くて結婚なんかできそうもない。

その点綾瀬さんの話では、家事と会社のイベントに少し出席すればあとはお互い干渉することもないし、自由だと言ってくれた。そこには信じてまた裏切られるかもという心配が一切ないのだ。ただ一年間、一緒に生活して一年後に離婚すればいい。

一度結婚生活をしておけばこの先何を言われても、「結婚は私に合わない」と言えば済むことだ。離婚することには戸惑いはあるけれど、美里さんだって離婚しているし自分らしく生きている。

私は一週間、この問題に頭を悩ませていた。

強引な彼の優しさ

綾瀬さんと約束した金曜日がやってきた。

いつも通り綾瀬さんの部屋で掃除と洗濯を終え、広告の整理をしたりするものの、今日は一向に落ち着かない。時間ばかりが気になり、十六時というタイムリミットがどんどん迫ってくる。

「あと一時間か……。どうしよう」

『断る』と決めているはずなのになぜかすっきりせず、色々と考えてしまう。

すると玄関からガチャっと音がしてドアの開く音がした。

まだ十五時なのに……。

リビングのドアを注視していると扉が開き、綾瀬さんが入ってきた。

「お疲れさまです……。確か十六時……じゃなかったですか？」

どうしようと焦りながら頭を下げる。

「珍しく予定が早く終わったんだ。こんな日は久しぶりだ」

綾瀬さんはソファーに鞄を置くと、「向こうの椅子に座って」と言ってスーツの上着を脱ぎ、私の目の前に腰を下ろした。

「この間の話だが、考えてくれた？」

　私の返事が心配なようで窺うように顔を覗き込む。私は綾瀬さんに視線を合わせて小さく首を横に振ったあと、深く頭を下げた。

「考えましたがやっぱり私には無理です。結婚はできません。ご期待に添えず申し訳ございません」

「無理を言っているのは重々わかっているんだが。やっぱりできないか……」

　綾瀬さんは眉間に皺《しわ》を寄せて腕を組み、片手を顎の下につけた。ふぅーと小さく息を吐いたあとそのまま目を瞑り無言になる。険しい表情のまま数十秒瞼を閉じたあと、ゆっくりと目を開けた。

「悪いが理由だけでも聞かせてくれないか？」

　今度は観察するように綺麗な二重の瞳でじっと私を見つめる。そんな瞳で見つめられると、私はきちんと理由を伝えなければ納得してもらえないような気がした。

「正直に言いますと、この間お聞きしたときは絶対に無理なお話だと思ったのですが、帰って色々考えていたら少しだけ魅力的なお話だなとは思ったんです」

「魅力的な話？」

「私は少し前に彼氏に浮気をされて酷い裏切りを受けました。今は男性を信じることがとても怖いですし、また同じように裏切られたらと思うと怖くて恋愛はできません。

だけどこのまま結婚しないとなると周りから何か言われることは目に見えています。その点綾瀬さんのお話ではお互い干渉することもないですし、何より相手に感情を持ちません。だから魅力的なお話だなと……」

「ならどうしてできないんだ？」

綾瀬さんは私を責める風でもなく、優しく問いかけてきた。

「まず一つ目に綾瀬さんと私とでは家柄も全く違います。こんな大企業の御曹司の方と私のような一般家庭の家では、綾瀬さんのご両親が私のことを認めてくださらないと思うんです」

「それは大丈夫だ。家柄は関係ない。実際に兄貴の嫁さんは大学の時の同級生だしな。政略結婚のような見合い話があるのは俺がいまだに結婚していないからだ。相手にとってはうちとの繋がりが持てる絶好のチャンスだからな」

「そ、そうなんですね……」

「だから問題ない。一つ目の理由はそれか？　じゃあ二つ目は？」

「結婚についてですが、契約結婚とはいえ本当に籍を入れるとなると、両親には結婚することを話さないといけません。相手は誰なのか一度会わせてほしいと言われると思うんです」

「当然のことだろうな。だけどそれは俺が君の両親に会って結婚の承諾を得ればいいことだろ？」

「えっ？　綾瀬さんがうちの両親に会うんですか？　契約結婚なのに？」

思わず目を見開いてしまう。

「当たり前だろ。こんな非常識なお願いをしている俺が言うのもなんだが、それは当然のことじゃないか。両親からしたら大切な娘を嫁に出すんだ。どんな奴かわからない男なんかに娘をやれないだろ？」

「それはそうですけど……」

「ただな、申し訳ないんだが結婚式だけはしたくないんだ。うちの場合、招待客を呼ぶとなると大々的になる。そうなると離婚する時が大変になるし、将来的に君にも迷惑をかけてしまうからな」

綾瀬さんはそう言って申し訳なさそうに頭を下げた。

「で、他には？」

「えっ？」

「他に理由はないのか？　理由は二つだけか？」

「あっ、いいえ。もし結婚するとなると私もここで一緒に生活をするということですよね？　その場合、今住んでいるマンションを引き払ってここに来るようになりますが、一年後離婚したあとに新しく住む家がすぐに見つかるか不安なんです」

「そんなことか。それも問題ない。離婚する時には慰謝料という形でうちが所有しているマンションのどれかを渡すよ。俺から無理なお願いをしているんだ。それくらいは当然だ。その先の維持費もこちらで出すよ」

えっ？　マンションを渡す？

綾瀬不動産が所有しているマンションを？

いくらすると思ってるの？

驚きすぎて目を見開いたまま固まっていると、綾瀬さんは何でもないことのように口端を上げてフッと笑った。

「他には？」

「仕事のことですが私はここでの仕事がなくなったら無職になります。別の仕事を探して働かないと生活できません。そうするとこの部屋での家事が疎かになってしまいます。だからやっぱり無理だと思うんです」

「働かないと生活ができない？　どうして？」

「私も洋服を買ったり友達と食事に行ったりとか、携帯とか生命保険の引き落としもあるし、やっぱり生活費が必要になるので……」

「なるほどそういうことか。悪いんだが妻が働いていると何かしら言われることも多いから、結婚している間は外で働いてほしくないんだ。その代わりクレジットカードを渡す。何でも好きに使ってくれて構わない。それを使って空いている時間は習い事でも何でも好きにしてくれていい。それから現金も必要になるだろう。そうだな……、現金は毎月十万くらいあればいいか？　不足があれば言ってくれて構わないから」

「そ、そんなのできません。綾瀬さんからはもらえません」

「契約とはいえ夫婦になるんだ。それも俺が無理を言ってお願いしている。生活費を渡すのは当然だろ？　家賃や光熱費は自動的に引き落とされるし健康保険は俺の扶養に入るから問題ないだろう。あとこの部屋にあるものは好きに使ってくれて構わない。俺の食事も作らなくていい。夜は遅いしほとんど外食だ。だからそのお金は君が洋服なり友達との食事なり好きなように使ったらいい」

何か言うたびに綾瀬さんに全て簡単にクリアされてしまう。

「もうないか？」

何か他にあるかな？　断る理由……。

色々と考えてみるけれど今すぐにパッと思い浮かぶものがない。

「じゃあ、君の問題は全て解決ということだな」

「えっ？」

「まだ他にあるなら言ってくれていいぞ。対処できることは全て対処するから」

私の問題なんて何でもないことのように優しい顔をして顔を覗きこむ。

家政婦の面談の時にはあんなに不機嫌で厳しい表情をしていたのに、こんな穏やかな表情もできるんだと思うと、怖かったイメージが少し軽減されてきた。それに瞬時にこうして何でも問題を解決していく様子を見ていると、綾瀬さんはかなり有能な人なのだろう。整い過ぎた顔に覗きこまれてつい見惚れてしまい、慌てて首を振った。

綾瀬さんは私が首を振ったのをもう理由がないと受け取ったのか、柔らかい表情でふわっと笑った。

「もう何もないってことか？　あー良かった。君の理由を聞いて本当に良かった」

頬を緩ませて嬉しそうに私の顔を見る。

「君の問題が全てクリアできたということは、俺の提案を受け入れてもらえると考えてもいいよな？」

「えっ？　どうしてそうなるんですか……」

「結婚できないと思っていた理由が全てクリアできただろ？」

「それとこれとは違うし、私は結婚するつもりは……」

「もし何か新しい問題が出てきたらその都度対処するから言ってほしい。だから心配しなくても大丈夫だ。ところで色々無理を言って本当に申し訳ないんだが、できるだけ早く君と結婚したいんだ。君の両親に挨拶をしに行きたい。来週の日曜日、ご両親の都合を聞いてみてはもらえないだろうか」

「はい？　えっ？　あ、挨拶ですか？　うちの両親に？」

「早くしないともう見合いの話が多すぎてな。無駄な時間ばかり奪われて本当に困っているんだ」

綾瀬さんは頭を抱えて大きな溜息をついた。

「ご両親の都合を聞いてもらって明日にでもその結果を連絡してくれないか？　番号は……」

えっ、ちょっと待って……。

家政婦の面談の時と同じようにまたしても話がどんどん進んでいく。ポケットから自分の携帯を取り出した綾瀬さんが何か操作を始めたと思っていたら、私の携帯が震え始めた。

「今かけた番号が俺のプライベートの携帯番号だ。登録しておいてほしい」

「は、はい……」

私は言われるがまま、綾瀬さんの電話番号を自分の携帯に登録した。

綾瀬さんと話が終わって、私は『契約結婚をする』という理由を綾瀬さんの所為にすることで、自分がこの提案を受け入れたことを正当化しようとしていた。

綾瀬さんが強引だったから。

綾瀬さんが私の断った理由を全てクリアにしたから。
それに一度結婚しておけば、将来的に何も言われないから。
自分は悪くない、これは仕方なかったんだと言い訳をして強引に正当化する。
本当は契約結婚なんてしてはいけないのはわかっている。
わかってはいるけれど——。
話をしている中で断るタイミングはいくらでもあった。綾瀬さんが強引だったから
と言っても、頑なにできないと強く断れば済むことだった。だけど私は『契約結婚は
できない』と断った理由を綾瀬さんが全て簡単にクリアしてくれたことをいいことに、
流されるまま提案を受け入れた。
そこには心の奥底でずっと燻《くすぶ》っていた思いがあったからだ。
あんな酷い裏切りをした清貴への復讐《ふくしゅう》——。
私があの綾瀬不動産の御曹司と結婚したと知ったら、清貴と西田さんはきっと悔し
がるだろう。あの二人を見返すことができる。そんな気持ちが芽生え、私もこの結婚
を、綾瀬さんを利用したのだ。だから綾瀬さんだけを責めることはできない。
その一方で、この結婚のことを両親にどう話そうかというのが一番の難問だった。
お父さんもお母さんもびっくりするよね。
まだ清貴と付き合ってるって思ってるはずだし。

両親には結婚の話を打ち明けた時に、相手は同じ会社の男性で名前も伝えてあるので、相手が変わっていたらきっと驚くはずだ。

早くしないと明日には綾瀬さんに連絡しないといけないのに……。

家に着いた私は大きく深呼吸をすると覚悟を決めて携帯の発信ボタンをタップした。

呼び出し音が聞こえ始めて緊張感が増していくものの、いつもならすぐに出てくれるはずのお母さんがなかなか出てくれない。あとでもう一度かけ直そうとした時、電話口からいつもの明るい能天気なお母さんの声が聞こえてきた。

「遥菜、ごめんごめん。どこで鳴ってるのか随分と探しちゃったわ」

「なかなか出ないから心配したよ」

「さっき大樹《だいき》から土曜の夜に帰るからって連絡があってね。そのまま携帯をどこに置いたか忘れちゃって」

大樹は三歳下の弟だ。昨年大学を卒業して、今は研修医として名古屋の大学病院で働いている。うちはひいおじいちゃんの代から続く医師家系で、そのひいおじいちゃんが開業した医院を今はお父さんが引き継いでいる。

「えっ？　大樹が帰ってくるの？」

「久しぶりの休みなんだって。日曜の夜にはまた名古屋に戻るみたいだけど。ところで遥菜、随分連絡してこなかったけどあなた元気なの？」

「元気だよ……」

「元気ならいいわ。あれだけ音沙汰なかったのに急に電話してきて何かあった？　まあ便りがないのは元気な証拠っていうけど」

のんきな性格のお母さんらしく楽しそうに笑っている。

「実はね……日曜日にそっちに結婚の挨拶に行こうと思って……」

「えっ？　結婚の挨拶？　遥菜やっぱり結婚するの？　こっちに来るって言ったっきり何も連絡がないからもうやめたのかと思っていたけど」

自分の娘のことなのにまるで他人の話でもしているかのように聞き返してくる。

「やっぱりってどういう……。実は清貴とは色々あって別れたの。だから相手は別の人なんだけど……」

「でもあれは確か三月だったわよね？　まだ半年くらいじゃない？　もう新しい人と結婚しようと話してるの？」

「そうなんだけど、元々取引先の人だったから仕事を通じては知っていた人なの」

私は綾瀬さんが言っていた言葉を思い出していた。

『君がスノーエージェンシーにいたことで、仕事を通じて知り合ったと言えば怪しまれないし周りを納得させられる』

綾瀬さんの言葉通り、お母さんは何も疑うことなく会話を続けた。

「じゃあ取引先の人って広告関係の人？」

「うん……。あのね、綾瀬不動産に勤めている人」

「綾瀬不動産？　もしかしてこの家を建て直してくれたあの綾瀬不動産？」

「そう。その綾瀬不動産……」

私がそう言うとお母さんは電話を持ったままお父さんの近くへ行って話しているようだ。電話口の向こうで興奮したお母さんの声が聞こえてくる。

そういえば昨年、大樹の卒業を機にお父さんが実家と医院を新しく建て直した。いつか大樹が帰ってきてこの医院を継ぐときに少しでも働きやすいようにするためだ。その建て替えを依頼したのが綾瀬不動産だった。

「遥菜、日曜日は特に用事がないからいいわよ。お父さんも大丈夫だって。大樹も帰ってくることだしちょうどいいわね。それで名前は何ていう方なの？　来られても名前がわからなかったら失礼でしょ？」

急に電話口からお母さんの声が聞こえだし、慌てて携帯を握り直す。

「あの、それが……。綾瀬さん……綾瀬理人さんっていう人なの」

「綾瀬さん？　会社と同じ名前なのね。まさか遥菜、綾瀬不動産の親戚の方とか言わないわよね？」

いつもは聞き流していることが多いお母さんなのに、なぜかこういう時にはしっかりと質問してくるところはやっぱり母親だからだろうか。

「親戚じゃなくてね……、実は社長さんの息子なの」

「えっ？　社長さんの息子？」

電話口のお母さんの声が一段と大きくなった。

「社長の次男でね、今は取締役で常務執行役員みたい」

「ちょっと遥菜。そんな大企業の社長の息子さんだったらうちとは家柄が違い過ぎるでしょ。そんな人と結婚したらこの先遥菜が苦労するはずよ。さっきは挨拶に来てもらってもいいとは言ったけど、やっぱりやめておいた方がいいんじゃないかしら？」

「私もそう言ったんだけどね、家柄は関係ないって。綾瀬さんには副社長をされているお兄さんがいるんだけど、そのお兄さんの奥さんも大学の同級生なんだって。だから気にしなくていいって」

「そうは言っても……」

「びっくりさせてごめんね。でもね、綾瀬さんってすごく忙しい人でなかなか時間が取れないの。日曜日に一緒に行っちゃだめかな？」

電話口の向こうでお母さんの悩んでいる姿が浮かび、騙していることに心が痛む。

やっぱりこんな結婚やめた方がいいよね……。

「あ、お母さん、私やっぱり……」

「その方も挨拶に来られるって言われているのならお話だけは聞くべきかしら？」

「えっ？」

「何時くらいに来る予定？　こっちも部屋の掃除をしておかないといけないし、着くのがお昼だったらお昼ごはんの用意もしておかないといけないでしょ？」

「ごめんね、お母さん……」

「挨拶に来られてからまた考えるわ。到着時間がわかったら教えてちょうだい」

「わかった。また連絡する」

　私はそう言って電話を切った。とりあえず両親に話したことでほっとしたけれど、時間が経つにつれて罪悪感でいっぱいになってきた。私はその気持ちを追い出すように綾瀬さんにショートメールを送った。

『お疲れさまです。桜井です。日曜日ですが大丈夫だそうです。到着の予定時間を聞かれました。実家は静岡になります。桜井医院で調べていただけると出てきます』

　そしてその下に実家の住所を入れるとそのまま送信してお風呂に入った。シャワーを浴びて部屋に戻ってくると綾瀬さんから返信が届いていた。緊張しながらそのメッセージをタップする。

『ありがとう。無理を言って申し訳なかった。日曜日は向こうに十時頃到着できるよう七時三十分に出発しようと思う。君のマンションまで迎えに行くから準備をして待ってていてほしい。よろしくお願いします』
新幹線かと思っていたけれどどうやら車で行くようだ。
このメールだと七時三十分にここに迎えにくるってことだよね？
私は『よろしくお願いいたします』とだけ返信するとベッドに入って眠りについた。

綾瀬さんに連絡をしてからは何も音沙汰がなく、家政婦の仕事中に綾瀬さんが突然マンションに帰ってくるということもなかった。

忙しいのかな？　日曜日、本当に静岡に行くのかな？

私は不安になりながらもお母さんには『日曜日は十時頃到着する予定。よろしくね』とだけメールで連絡し、あえて電話はしなかった。

そして日曜日の朝を迎えた。六時過ぎに起きて部屋のカーテンを開けると、空には白く薄い雲が浮かび気持ちのいい秋の空が広がっていた。

よかった。いい天気みたい。

空を見上げながら両手をあげて大きく伸びをする。

そういえば清貴と挨拶に行こうとした日もこんないい天気だったよね……。

ふとそんなことが頭をかすめ、あの日の嫌な出来事が蘇ってきた。ぎゅっと目を瞑って頭を振る。シャワーを浴びてメイクを終え、秋らしいボルドーの清楚《せいそ》な刺繍《ししゅう》の入ったワンピースに着替えると、髪の毛をゆるく巻いて少しふんわりとさせた。

そういえば綾瀬さんはどんな服装で来るのだろうか。

約束の時間も迫っているので今さら聞いてみることもできず、私は鞄を持つとマンションの下へと降りていった。以前見たあの赤いフェラーリを探してみるけれどまだ到着してないようだ。不安になりながら時計を確認する。

本当に来るよね？

きょろきょろと周りを見渡して待っていると、少し先の方からスーツ姿の綾瀬さんが現れた。

「悪い。さっきまでここに車が停まっていて向こうに車を停めているんだ」

落ち着いたダークなネイビーのスーツを身に纏い、私の目の前で立ち止まる。普通に立っているだけなのに絵になるというかモデルのようにかっこいい。スーツの下には清潔感のある白いシャツを着て、首元にはスーツと同じネイビーの小さなドッド柄のネクタイを合わせている。それがまたとてもよく似合っていて思わず見惚れてしまいそうになり、私は慌てて口を開いた。

「お、おはようございます。今日はよろしくお願いします」

「こちらこそ無理を言って申し訳なかった。今日はよろしく頼むな」

綾瀬さんが歩いてきた方向に視線を向けると、ハザードランプを点滅させたベンツが停まっていた。

今日はあの車じゃないんだ……。

「じゃあ、これから出発してもいいか？」

綾瀬さんは車の前まで歩いていくと助手席のドアを開けて私を乗せてくれた。そして後部座席のドアを開けてスーツの上着を脱ぐと、運転席に乗りシートベルトを締め、車を発進させた。

緊張したままフロントガラスに映る景色をじっと見つめる。気づかれないように横目で少し盗み見すると、整った綺麗な横顔が目に入ってきた。ドクンと心臓が飛び跳ねて、慌てて視線を下に落とす。すると今度はスラリと伸びた長い足が目に入り、またしても心臓がドクンと飛び跳ねた。

こんな狭い空間で綾瀬さんと二人きり。緊張して真っ直ぐ前を向くことしかできず、身体《からだ》が硬直したままだ。

「なあ、これから到着するまで二時間半くらいかかるだろ？　そんなにかしこまって座っていたら疲れるんじゃないか？　普通にリラックスしておいた方がいいぞ」

運転席から綾瀬さんが私にチラッと視線を向ける。

「は、はい……」

そう返事をしたものの、今まで数回しか会ったことのない人とこうして初めて車に乗っているのだ。緊張のしすぎで身体が言うことをきかない。

「そんなに緊張されたら俺が何か悪いことでもしているみたいなんだが……。確かに君に失礼なお願いをして悪いことはしているけどさ」

申し訳なさそうな表情をして片手で髪の毛を掻き上げる。

「すみません……。今のこの状況が本当に現実なのかなって思っちゃって……」

「まあ普通はそうだよな……」

綾瀬さんは自嘲するように小さな笑みをこぼした。

私の勝手なイメージで綾瀬さんは怖い人なんだろうと思い込んでいたけれど、この間から話していると実際はそうでもなさそうだ。

これから静岡までずっと無言でいるわけにもいかないよね？

少し話をしても大丈夫かな……？

ただこのイケメンな顔でこっちを向かれても視線を合わすことができないし、もっと緊張してしまう。私は前を向いたまま綾瀬さんの顔を見ないようにして口を開いた。

「あの……、車って二台持ってらっしゃるんですか？」

「車？」

「今日は赤い車じゃないんだなって……」

こんなことを聞いてもいいのかわからないけれど、取り立てて話題もないので朝から気になっていたことを尋ねてみた。

「赤い車？　ああ、ホテルで会ったときはフェラーリだったよな。これは親父の車だよ。結婚の挨拶に行くのにさすがにあの車じゃ行けないだろ？　俺もそのくらいの常識は持ち合わせているよ。君に非常識なお願いをした俺が言うのもなんだけどな」

「じゃあ今日のその格好……そのスーツも結婚の挨拶だからですか？」

「当たり前だろ。結婚の挨拶だぞ。普段着で行けるわけがないだろ？」

「でもうちの両親は気にしなくていいって、スーツじゃなくて普通の服でいいからと言っていました」

「あのな、スーツじゃなくていいと言われて本当に普通の服で行く奴がいるか？　親っていうものは娘が連れてきた相手がどのくらい娘のことを大切に思ってくれているのかを一番に見て考えるものだろ？　こっちはその大事な娘と結婚をさせてくださいとお願いにいくんだ。こういうことはきちんと筋を通すのが礼儀だろ？　たとえ契約結婚でもな」

　この言葉には愛情も何もなくただの一般論として話しているのがわかっているのに、綾瀬さんの言葉が心の中できゅうっと響く。清貴はうちの両親がスーツじゃなくていいと言ったら、その言葉通り白いシャツとチノパンで挨拶に行こうとしていた。手土産だってそうだ。途中のお店で買おうとしていた。この車の後部座席にはおそらく手土産だと思われるものが既に用意してある。

やっぱり私って清貴に愛されてなかったのかな……。

あの時は何とも思わなかったけど、こうして綾瀬さんの話を聞くと今となっては本当に清貴と結婚しなくてよかったと思えてくる。それにあれだけ清貴のことを考えると腹が立ってつらかったのに、それがいつの間にか少し和らいでいる自分に気づいた。

「あの、綾瀬さん……」

「理人」

急に名前を言われ、運転している綾瀬さんに視線を向ける。

「俺のことはこれから理人と呼んでくれるか？　結婚するのにいつまでも苗字で呼ぶわけにはいかないだろ？　俺たちの結婚が契約だということがバレても困るしな。俺も君のことはこれから遥菜と呼ばせてもらうがそれでいいか？」

「は、はい……」

「で、なんだ？」

「あ、えっと、あの、綾瀬さんのことを少し教えてもらえませんか。何も知らないので……」

「理人」

綾瀬さんが隣からジロリと私に視線を向ける。ゾクッとするような美しい視線をまともに受け、私は思わず小さく肩を丸めて視線を下に落とした。

「無理を言ってるのはわかってるんだが、悪いが呼び方にも慣れてくれないか。俺もこれから慣れるから」

「はい、わかりました」

「で、俺のことが知りたい？」

「今回両親に話をするにあたって、綾瀬さん……じゃなくて理人さんとは仕事を通じて知り合ったと話しています。だけどその他のことを聞かれると綾瀬不動産の常務ということと、お父さんが社長でお兄さんが副社長ということしか私は知らなくて」

「そうだよな。俺は東京生まれの東京育ち。今月で三十五歳だ。K大を卒業後、綾瀬不動産に入社。一応言っておくがコネじゃなくきちんと試験を受けて入社しているからな。家族は親父と四歳上の兄貴、そして兄貴の嫁さんと小学生の甥《おい》っ子が二人だ。お袋は俺が十二歳の時に病気で亡くなった。趣味は特にない。しいて言えば車の運転ぐらいだ。まあ、何の面白みもない男だ。で、遥菜は？」

ドクン――。

ふいに名前を呼ばれ、返事よりも先に胸の奥が反応した。

ただ名前を呼ばれただけなのに、慣れてないせいかドキドキが止まらない。

それに私は綾瀬さんの名前を呼ぶだけでこんなにも緊張しているのに、綾瀬さんは何も思わないのか慣れた感じで普通に私の名前を呼んでいる。

「それで遥菜はどうなんだ？　経歴は履歴書を見て知っているが、家族構成とか俺にも教えてくれるか？」

「はい、えっと、家族は父と母と弟の四人家族です。父は実家でクリニックをしています。母は専業主婦ですが時々クリニックを手伝ったりしています。三歳年下の弟は昨年大学を卒業して今は研修医として名古屋の大学病院で働いています。今日は休みらしくて弟の大樹も実家に帰ってきています。それと趣味は旅行に出かけたり美味しいものを食べることです」

「お父さんも弟さんも医者なのか。優秀なんだな」

「優秀と言うかうちはひいおじいちゃんの代から医師家系なので」

「そうなのか。ということは弟さんで四代目か。すごいな。それで趣味は美味しいものを食べること？」

「はい。友達と予約の取りにくいお店に行ったり人気のスイーツを食べたり。趣味っていうほどのものではないんですけど……」

「女性が好みそうな趣味だよな」

綾瀬さんはそう言うと口端を上げて柔らかな表情を見せた。

そのあとも私たちはお互いのことを色々と話しながら、静岡の実家に到着したのは予定通り十時を少し回った頃だった。

「綾瀬さ……理人さん、そこのクリニックの駐車場に停めてもらってもいいですか？」

私はお正月に帰って以来の実家だ。自分の実家なのに今日は他人の家に来たような気持ちになってしまう。

「わかった。なあ、もしかしてここは綾瀬不動産が建てたのか？」

スムーズな操作で車をバックで駐車しながら綾瀬さんが尋ねる。

「そうです。すごいですね！　理人さんは見ただけで自分の会社が建てたのがわかるんですか！」

「だいたいはな。デザインがうちらしいし外観の色合いもうちの特徴だ。そうかここは綾瀬不動産が建てたのか……」

綾瀬さんは気になるのか車から降りると、スーツの上着の袖に腕を通しながらクリニックと家の外観を眺めていた。

「すみません。一階がクリニックなので自宅は二階になります。こちらから入っていただけますか？」

綾瀬さんを誘導して私はクリニックとは別の玄関へと歩き、ドアを開けた。

「ただいま。お母さん？」

玄関からお母さんを呼ぶと、いつもとは少し違うよそ行きの格好をしたお母さんが出てきた。

「遥菜お帰り。そして綾瀬さん、わぁ、こんなにハンサム？　素敵な方……」

お母さんは綾瀬さんの顔を見て「わぁ！」と目を丸くして口元に手を当てている。

「ちょ、ちょっとお母さん！」

そんなお母さんを見て綾瀬さんは頬を緩めて微笑むと丁寧に頭を下げて挨拶をした。

「はじめまして。綾瀬理人と申します。本日はお忙しいところお時間を作っていただきましてありがとうございます」

「いえいえ、ここまで遠かったでしょう。さあさあどうぞ上がってください」

お母さんの声が心なしか少し上ずっている。私たちは既に用意されてあったスリッパに履き替え、リビングへと入っていった。

「お父さん、遥菜が来たわよ。それよりちょっとすごいの。遥菜が連れてきた人、こんなにイケメンさんよ」

ソファーで新聞を読んでいたお父さんが私たちを見て立ち上がった。

「はじめまして。綾瀬理人と申します」

「いらっしゃい。遥菜の父です。ここまで遠かったから車の運転で疲れたでしょう。少し座ってゆっくりしたらいい。母さん、お茶の用意をしてあげて」

「はいはい。わかりました。そうだ、大樹も呼んでこなきゃ。お父さん、ちょっと大樹を呼んできて！　あの子、遥菜の彼氏がこんなにイケメンだと知ったら拗《す》ねちゃうかしら」

お母さんは「イケメンイケメン」と連発しながらいつもよりもかなり高いテンションでお茶の用意をしている。私は真っ赤になりながら綾瀬さんにリビングの横の和室に座るように告げると、小さな声で「すみません」と謝った。綾瀬さんは演技なのか本当なのかわからないけれど、「気にしなくていいよ」と言って微笑んでくれた。

そして大樹を呼びにいったお父さんが二人でリビングに戻ってきた。

「おっ、姉ちゃん、マジで超かっこいい彼氏じゃん」

入ってくるなり綾瀬さんの顔を見て目を丸くする大樹の反応はお母さんと全く一緒で、大樹はお母さんの性格を丸々受け継いでいる。

「大樹くんはじめまして。綾瀬理人です。今日はお休みのところお邪魔して申し訳ないね」

「いえ、姉ちゃんがやっと結婚するのなら俺は大歓迎です。それに俺にこんなイケメンの兄さんができるのならもっと大歓迎です」

するとお茶の用意をして持ってきたお母さんが和室に入ってくるなり話に参加し始めた。

「私だってこんなイケメンの息子ができるならもう大大歓迎よ！」

「ちょっとお母さん、大樹！　もう本当にやめて。恥ずかしいでしょ。

「だって遥菜がこんなイケメンさんを連れてくるのが悪いんでしょ！」最初から言ってくれてたら心の準備だってできたのに。何にも言わないんだから」

「そうだよ。いきなりこんなイケメンの彼氏を連れてきたら驚くのは当然だろ？」

「二人ともやめなさい。綾瀬さん、こんな騒がしい家で申し訳ないね。こんな家族だけど嫌にならず大目に見てやってくれないか」

お父さんがその場を収めるように綾瀬さんに頭を下げる。

「いいえ、とても楽しいです。僕は十二歳の時に母を病気で亡くしまして、父も仕事で忙しかったのでこのように家族団欒《だんらん》で過ごした記憶がほとんどありません。だからもし自分の母親も生きていたら、お母さんと同じように明るくて楽しい感じだったのかなとふと思ってしまいました」

「まあ、そんな嬉しいことを言ってくださるなんて……」

綾瀬さんに笑顔を向けられたお母さんはますます舞い上がっている。だけど私はこの状況を複雑な心境で見ていた。綾瀬さんがお母さんに高級そうな手土産を手渡し、それぞれの前にお茶と茶菓子が用意されたところで綾瀬さんが改めて口を開いた。

「本日は遥菜さんとの結婚をお許しいただきたくご挨拶に伺いました。先日僕から遥菜さんにプロポーズをさせていただき、遥菜さんから結婚の承諾を得ることができました。遥菜さんとこれからの人生を二人で一緒に歩んでいければと考えております。どうか遥菜さんとの結婚をお許しくださいよろしくお願い申し上げます」

きちんと姿勢を正し、お父さんとお母さんの顔を真っ直ぐに見つめて話す。

一瞬信じてしまいそうな言葉だけど、これはこの契約結婚を成立させるための演技だ。それを真剣な表情で、それでいてどこか嬉しそうに聞くお父さんとお母さん。そんな両親を見ていると私の心がズキズキと痛み始めた。私は両親と大樹を騙しているのだ。次第に顔を上げているのがつらくなり視線を下へと落としていく。

すると話を聞いていたお父さんが綾瀬さんに向けて穏やかな表情で微笑んだ。

「綾瀬さん、いくつかお聞きしたいことがあるのだがいいだろうか？　まず綾瀬さんの家とうちとでは家柄が違い過ぎると思うんだがね。親としては遥菜が苦労するとわかっていながら結婚させるのはどうしても心配でね。親バカかもしれないがやっぱり自分の娘だから可愛いし幸せになってほしいと思うからね。うちは普通の家庭で遥菜を育ててきた。だからどうしてもそこが引っかかってね。私は君が気に入らないと言っているのではないんだ。こうしてきちんと私たちに挨拶もしてくれて有り難く思っている。だけどそのことを考えると簡単に首を縦には振れなくてね」

お父さんが難しい顔をして綾瀬さんを見る。

それに同意するように一緒に頷いていたお母さんと大樹も真剣な眼差《まなざ》しを綾瀬さん

に向けた。

「お父さんやお母さんが心配されるのは当然だと思います。ですがうちは会社が大きいというだけで一般の家庭となんら変わりありません。僕が十二歳の時に母が病気で亡くなり、その後は父と兄と三人で生活してきました。母が亡くなる一年前から母に代わって家のことを手伝ってくれる家政婦さんがうちに来てくれるようになったのですが、母が亡くなってからもつい最近までずっと通ってくれていました。その人が少し年配だったこともあり、家のことだけをしてくれるのでなく兄と僕がいつか社会に出ても困らないようにと色々な一般常識を僕たちに教えてくれました。学生時代にはアルバイトもしましたし、父の会社にも一般の学生と同じように試験を受けて入社しております。その家政婦さんは兄と僕にとっては第二の母のような存在ですし、あの人がいなかったら兄と僕は働く厳しさやお金の大切さも知らず、父から与えられたもので苦労することなく生活していたと思います。当時はかなり反抗もしましたが、今となっては普通の生活や世間の常識を教えてくれたことにとても感謝しております。それに義姉も兄の大学時代の同級生ですし一般家庭の方です。遥菜さんに家柄で苦労させることは一切ありません。もし万が一何かあったとしても僕が遥菜さんを守ります」

「そうですか……。つらいことを思い出させて申し訳なかったね。ちなみにお母さんは何のご病気で？」

「膵臓《すいぞう》がんでした。気づいたときにはもうかなり進行していて……」

「膵臓がんか……。早期の段階では自覚症状がほとんどないからな。症状が出て膵臓がんと診断されたときにはかなり進行した状態で見つかることが多いから」

「本当にそうなんです。全く自覚症状がなくて腹痛が続いて病院に行ったらそう診断されました」

　急に部屋の雰囲気が暗くなり、重い空気が流れる。その空気を変えるようにお父さんが再び口を開いた。

「綾瀬さん、もうひとついいかね？　遥菜とは交際を始めてまだ一年も経っていないということだが、そんなに早く結婚を決めても大丈夫なのかね？」

「遥菜さんと正式にお付き合いをさせていただいたのはまだ半年ほどですが、その前から仕事を通じて遥菜さんのことは存じておりました。というのも遥菜さんの上司である佐山部長が私の兄の高校時代の同級生でして、スノーエージェンシーにとても優しくて可愛い笑顔の素敵な女性がいると前々から聞いておりました」

「えっ、うそ……」

　思わず声をあげて、横に座っている綾瀬さんの顔を見る。

　綾瀬さんは私の方に振り向くと、「実はそうなんだよ」と優しい笑みを浮かべた。

「どうしたの遥菜。あなた知らなかったの？」

「う、うん……」

私の返事を聞いて綾瀬さんがお母さんに視線を向けた。

「実は遥菜さんに知られるのが恥ずかしくて僕が黙っていたんです。お付き合いは短いですが僕としては随分前から知っていまして。実際にこうして付き合い始めてからは遥菜さんの真面目さや優しさにどんどん惹かれています」

これはどこまでが本当なのだろうか？

いや違う。佐山部長のことは本当だとしてもあとは全てお父さんたちに信じてもらうための演技のはずだ。演技だとわかっているのに気を抜くとこんなにすらすらと出てくる言葉を信じてしまいそうになる。これは私に言っていることではなく、契約結婚を成立させるための演技なのだ。私は勘違いしないように何度も自分にそう言い聞かせていた。

お父さんは優しく微笑んでゆっくりと頷いたあと私に視線を向けた。

「遥菜、いい人と出逢えて本当によかったな。綾瀬さん、私たちは遥菜に相手の立場になって物事を考えることができる人間になりなさいと育ててきました。今はそのように育ってくれたと信じています。少し気が強くて頑固なところもありますが、根は優しい真面目な娘です。どうか遥菜のことをよろしくお願いします」

お父さんが私を託すように深々と頭を下げる。それに続いてお母さんと大樹も一緒に頭を下げた。そんな家族を目にしていたら涙が浮かんできた。嘘《うそ》をついていることがつらくて、心苦しくて、俯《うつむ》いてしまう。ぽとりと涙がこぼれ落ちた。

お父さん、お母さん、大樹、騙してごめんなさい……。

「お父さんもお母さんも大樹くんも頭を上げてください。遥菜さんとの結婚を許してくださりありがとうございます。こちらこそどうぞよろしくお願いいたします」

綾瀬さんがそっと私の手に自分の手を重ねると、同じように深く頭を下げた。

とても大きくて温かい手が私の手を包んでくれている。綾瀬さんに触れられた手の温《ぬく》もりに胸の奥が熱くなる。これもこの契約結婚を成立させるための演技だとわかっているのに、まるで綾瀬さんが私のつらい思いをわかってくれているようで、その温もりに気持ちが救われていた。

そのあとは近いうちに一緒に住んで先に籍を入れるということと、結婚式は綾瀬さんの仕事が少し落ち着いてから考えるということを伝え、両親も納得してくれた。

お昼前になりお母さんが出前で取っていたような重が届いた。お母さんの「ここのうな重は美味しいのよ。綾瀬さんぜひ食べてみて！」から始まった会話は次第にお母さんと大樹の親子漫才のような会話に変わり、二人は綾瀬さんの仕事や趣味のことを交互に質問し始め、綾瀬さんはそれを嫌な顔ひとつせず何でも答えてくれた。

そんな三人の姿をお父さんは穏やかに微笑みながら見つめていて、私は心が痛みながらも少し嬉しくも感じていた。

「遥菜、寂しいけどそろそろ失礼させてもらおうか」

十五時を過ぎたところで綾瀬さんが柔らかな表情で尋ねてきた。

「そ、そうだね。高速混んだらいけないしそろそろ帰らないと……」

家族の前で遥菜と呼ばれたことが恥ずかしくてドキドキとしてしまう。

「お父さん、お母さん、すっかり長居をしてしまい申し訳ありません。大樹くんもお休みのところありがとう。そろそろ失礼させていただきます。本日は貴重なお時間を割いてくださり本当にありがとうございました。どうぞこれからもよろしくお願いいたします」

丁寧に頭を下げる綾瀬さんにお母さんが残念そうな表情を見せる。

「もう帰っちゃうのね。少し遠いけどまたいらっしゃいね。うちはいつでも大歓迎だから。遥菜がいなくても綾瀬さんだけでもいいから気軽にいらしてね」

「ちょっと、お母さんってば！」

お母さんはこの短時間ですっかり綾瀬さんのことを気に入ったようだ。

「綾瀬さん、遥菜のことをよろしくお願いします」

今度はお父さんが綾瀬さんの手を握り真剣な表情で見つめたあと、とても深く頭を下げた。初めて見るそんなお父さんの姿に瞬く間にじわじわと涙が浮かんできて、私は泣かないように必死で堪えていた。

「なんだよ姉ちゃん、幸せでうれし泣きか？」

私の顔を見て大樹が面白そうに茶化してくる。

「泣いてないってば！」

「ほら見ろよ。姉ちゃんの泣きそうな顔を見て先に母さんが泣いてしまっただろ？」

「だって遥菜がやっと結婚するのよ。あんなに小さかったのにもう結婚する年齢だなんて……」

お母さんが涙を指で拭いながら笑っている。

とうとう私の目からも涙が溢れてきた。

「あんなに小さかったっていつの話をしてるんだよ。ぎりぎり三十前の姉ちゃんと結婚してくれるんだから綾瀬さんに感謝しないと」

「そうね。こんな素敵な男性にもらってもらえるんだものね。感謝しないとね！」

「ちょっと、お母さんも大樹も恥ずかしいでしょ！」

私たち三人のやり取りに綾瀬さんとお父さんが楽しそうに笑う。

そんな家族の姿を見て私は目を真っ赤にして一緒に微笑んだ。

お父さんたちは私たちが乗った車が見えなくなるまでずっと手を振ってくれていた。

三人の姿をサイドミラーで見ながら再び涙が流れ始める。私は綾瀬さんに気づかれないように窓の外に顔を向けてこっそりと涙を拭った。

「いい家族だな」

車に乗ってからずっと無言だった綾瀬さんがぽつりと呟いた。

「ありがとうございます」

家族の嬉しそうな顔を思い出し、涙が出そうになるのをグッと堪える。

「ごめんな。俺のせいで両親を騙すようなことをさせてしまったな」

「いえ、大丈夫です。綾瀬さんの提案を受け入れたのは私ですから気にしないでください。あんなに喜んでいる姿をみたらちょっと申し訳なかったなと思っただけで……。こちらこそすみません」

「本当にごめんな」

綾瀬さんは私が泣いていたことを気にしているのか、さっきまで両親たちと一緒に笑っていた人とは別人のように憂いに満ちた表情をしている。

「もう謝らないでください。最初からそういう契約ですから。それよりこうして挨拶に来てくださりありがとうございました。この提案を受け入れなければ私はきっと結婚はしなかったでしょうし、両親のあんな喜んだ顔も一生見られなかったと思います。嘘でも親孝行ができてよかったです」

そう、親孝行ができたのだからいいじゃない……。

一生懸命自分に言い聞かせる。するとふいに頭の上に温かい何かが触れた。それが運転席から伸びてきた綾瀬さんの手のひらだと気づくのに時間はかからなかった。

「つらいことさせて本当にごめん」

温かくて大きな手のひらが私の頭にぽんぽんと軽く触れ、二回ほど優しく撫でた。その優しい温もりに堪えていた涙が抑えきれなくなり、ぽとりと落ちる。スカートに小さな染みができた途端、次々に涙が溢れ始めた。声が漏れそうになり、肩を震わせながら握り締めた拳を口元に強く押さえつける。綾瀬さんはもう一度だけ頭を優しく撫でると、何も言わず手をまたハンドルに戻してそのまま運転をし続けた。

私は触れられた場所に優しい温もりを感じながら、涙を止めることができず、ずっと窓の外に視線を向けていた。


それから綾瀬さんは一言も口にせず、ずっと無言で運転をし続けた。

私も自分の声を聞いてしまうとまた涙が込み上げてきそうで何も言葉を発することができず、窓に映る景色をずっと眺めていた。

途中、サービスエリアで休憩したときに綾瀬さんが温かいミルクティーを買って手渡してくれた。「よかったら飲んで」とそれだけ言って口元でうっすらと弧を描いた優しい表情がとても気を遣わせているようで、申し訳なさを感じながら受け取った。

心地よい温かさが手の中にじんわりと広がる。お礼を言って口にすると、ミルクティーの優しい甘さと温かさがつらかった心を少し解きほぐしてくれた。

「なんか故障車があるっぽいな……」

綾瀬さんがナビに視線を動かしてひとりごとのように呟いた。高速が混む前にと思って静岡を出たのが十五時過ぎだったけれど、神奈川県に入ったあたりから徐々に車が混み始めている。

「この調子だとまだ少し時間がかかりそうだな。どこかで食事でもして帰るか？」

運転を続けながら綾瀬さんがチラリと私に顔を向けて尋ねてきた。

「まだお昼のうなぎがお腹の中にあってあんまりお腹空いてないんです」

すみませんと小さく頭を下げてお腹のあたりを両手で押さえる。

実家でお昼にうな重を食べたあとみんなでデザートのケーキまで食べている。特に動くこともなくこうして車に乗っているだけなので全くお腹が空いていなかった。

もしお腹が空いていたとしても、綾瀬さんと二人で食事をするのは考えただけで緊張するのできっと断っていただろうけれど。

「お母さんの自慢の特上のうな重だったもんな」

綾瀬さんはクスッと笑みをこぼしたあと、急にハッと表情が変わりゆっくりと私に視線を向けた。

「もう大丈夫です。気を遣っていただいてすみません。ほんとにお母さんの自慢のうな重なんです。鰻と言えば浜松とか三島が有名ですけど静岡市にも美味しい鰻があるんだって昔から自慢しています」

綾瀬さんが気にしないように私も明るい声を出して微笑んだ。

「いいお母さんだよな。母親がいるだけで家の中はあんなに明るくなるもんなんだな」

ただの感想なんだろうけれど私には綾瀬さんの横顔が少しだけ寂しそうに見えた。

小さいときにお母さんが亡くなってるから寂しかったはずだよね。

もっと甘えたかったんだろうな……。

綾瀬さんの小さな頃を想像してしまい、とても切ない気持ちになってしまう。

何か明るい会話に持っていこうと私は綾瀬さんが話していた家政婦さんについて尋ねてみた。

「聞いてもいいですか？　家政婦さんって厳しい方だったんですか？」

すると綾瀬さんは何か思い出したのか柔らかに頬を緩めた。

「当時兄貴は高校一年生で俺もまだ小学六年生だったからな。二人とも言うことも聞かない悪ガキだったし、あのまま大人になったら相当我儘《わがまま》な人間になるとでも思ったんだろうな。挨拶もそうだが他人に感謝することを忘れるなとそれは厳しかったよ」

「そうだったんですね。でも綾瀬さんとお兄さんのことが可愛かったんでしょうね」

「それはわからないが母親を亡くしたことで心配はしてたんだろうな」

その家政婦さんのことを話す綾瀬さんの表情は穏やかで、信頼しているのがとてもよくわかる。

「もしかして私の前にいらっしゃった家政婦さんですか？」

「ああ。俺のことが心配なのか都内から通ってきてくれていたんだが、歳《とし》を取って身体がつらくなってきたみたいでな。今は娘と一緒に千葉で暮らしているよ」

私はお母さんを亡くした綾瀬さんにそんな存在の家政婦さんがいたことに心のどこかで安堵していた。

窓の外では太陽が傾き、空が茜《あかね》色に染まり始めていた。

渋滞しているとはいえ、あと一時間もすれば家に着いてしまう。両親に結婚の承諾はもらったものの、綾瀬さんと契約結婚をすること以外何も決まっていないし、これから先のことも何も聞いていない。私は勇気を出して綾瀬さんの方に視線を向けた。

「これからのことなんですけど、私はどうしたらいいでしょうか？」

運転する横顔を見つめ緊張しながら表情を窺う。

「これからのことだよな……」

そう言ったきり、綾瀬さんはまた無言になってしまった。

何か悩んでいることでもあるのかそれとも言いづらいことでもあるのか、そんな感じはするけれど横からの表情だけでは何も読み取れない。

「えっと、どうしたら……」

「ほんとに……いいのか？」

低い声でただひと言、呟くような言葉が聞こえた。

何がいいのかわからなくて横顔を見つめてしまう。

「結婚……。俺が言い出したことだけど本当にいいのか？　やめるなら両親にはこの結婚は俺から言い出したことで遥菜はただ俺に従ってくれただけだと謝罪に行くけど」

運転中だから前を向いたままだけど、その表情はとても真剣だ。

もしかしたら――。

車を運転している間ずっと無口だったのはこのことを考えていたのかもしれない。

私がしばらく泣いていたから。

両親を騙すようなことをしてしまったから。

傍《はた》から見たら自分からこんな理不尽な契約結婚を提案したうえに私の両親に挨拶までしておいて、今になって「結婚がつらいなら両親に謝りに行く」と言い出すなんて自分勝手も甚《はなは》だしい人なのかもしれないけれど、私には綾瀬さんが少しでもそんな風に考えてくれたことが、こうして確認してくれたことが、私の気持ちを大切にしてくれているようで嬉しかった。

「気を遣っていただいてありがとうございます。両親もあんなに喜んでいたのでできることなら悲しむ顔は見たくないです。一年間だけ夫婦を演じてもらってもいいですか？」

「そっか。わかった」

綾瀬さんはひと言そう返事をすると静かに頷いた。

「それで私はこれからどうしたらいいですか？」

気を取り直して綾瀬さんが気にしないように明るい口調でもう一度尋ねてみる。

「申し訳ないんだが水曜日にうちに来てくれるか？　俺が午後からなら時間が取れるはずなんだ。そこで色々と決めよう。遥菜の仕事の日じゃなくて悪いんだが」

「いえ、大丈夫です。水曜日ですね。それより綾瀬さんは水曜日でもいいんですか？お仕事が忙しいでしょうし私は来週の土曜か日曜でも構いませんけど」

わざわざ平日に帰ってきてもらうのは申し訳なく思い、土日でも大丈夫だと答えたのだけれど、綾瀬さんの返事は私を緊張させるものだった。

「来週の土日のどちらかはうちの家族に会ってもらおうと思ってるから予定しておいてくれないか？」

えっ？　綾瀬さんのご家族に会う？

ドクッと心臓が跳ねて身体に緊張が走る。

「はい。わかりました。では水曜日は何時に伺ったらいいですか？」

「十五時には確実に戻れると思うんだ。だから十五時に来てもらえるか？　もし俺が帰ってなかったらコンシェルジュから鍵を預かって先に入っていてほしい」

「わかりました」

「それとマンションへの引っ越しだが来月末あたりで予定してもらえないか？　今、掃除をしてもらっている二つの部屋があるだろ？　あのどちらかを使ってもらおうと思っている。遥菜の荷物がどのくらいなのかわからないがそれはまた水曜日に考えよう。だから今住んでいるマンションの退去手続きだけは先に進めておいてほしいんだ」

「明日にでも不動産会社に連絡しておきます」

「悪いな、色々と……」

ハンドルを手にしたまま、申し訳なさそうに少し顔を曇らせる。

「いえ。ではこれからどうぞよろしくお願いいたします」

私が助手席で頭を下げると、「こちらこそよろしくな」と綾瀬さんもほのかに笑みを浮かべて頷いた。

翌日、私は家政婦の仕事を済ませたあと不動産会社に連絡をした。

家に帰り、引っ越すと決まった部屋全体を見渡す。ここは大学に入学する時にお母さんと一緒に決めたマンションだ。それから約十年。まだ全然実感はないけれどこの部屋とも来月末にはお別れだと思うとなんとなく寂しい気持ちになってくる。

半年前に清貴に振られ、きちんと仕事が決まったら新しい場所へ引っ越そうと思っていた。清貴との関わりを全て断ち切って、まっさらな状態で新しい生活を始めたかったからだ。それがこんなカタチで引っ越すことになるとは。

契約結婚という道理に外れたことをする後ろめたさとそれに付随する不安はあるけれど、それでも私にはここを出て新しい生活をスタートできる嬉しさの方が強かった。


水曜日。綾瀬さんに言われた通り、私は十五時にマンションを訪れた。

家政婦としてではなくここに来るのは初めてだ。すっかり顔なじみになったコンシエルジュの女性に綾瀬さんが戻っているか聞いてみると、「さっき戻られましたよ」とにこやかに教えてくれた。

さっそく居住者用のエレベーターに続く入り口で部屋番号を押すと「今開ける」という綾瀬さんの声が聞こえ、目の前のドアが開いた。綾瀬さんに出迎えられるなんて緊張で心臓がドキドキだ。部屋前でインターホンを押すとカチャッと施錠が解除される音がしてドアが開いた。目の前に現れた綾瀬さんの姿に一瞬戸惑ってしまう。

今までスーツ姿の綾瀬さんしか見たことがなかったけれど、今日はグレーのパーカーに、濃いめの細いデニムを合わせている。スラリと伸びた長い足に濃いめの細いデニムがとてもよく似合い、パーカーから覗く首元からは男性らしい色気が漂っていた。

「無理を言って悪いな。入って」

穏やかな笑みを私に向けたあと、すぐにまたリビングに戻っていく。綾瀬さんが立っていた場所にはほのかな香水の匂いが漂っていた。

あの時と同じ香り……。

ふとホテルの前で出逢ったときのことを思い出す。いつもとは違う服装と香水の匂いに、初めて綾瀬さんを一人の男性として意識してしまった私は、その気持ちを自分の中から押し出すように、「お邪魔します」と言ってリビングに入っていった。

「先に座っててくれるか？」

綾瀬さんはキッチンの中で引き出しを開けながら何やらごそごそと探している。

前回と同じようにダイニングテーブルの椅子に座って待っていると、ポットからカチッとお湯が沸いた音がして綾瀬さんがお湯を注ぎ始めた。次第に部屋の中にコーヒーの香りが漂ってくる。

「家では何も作らないからこんなのしかないんだ」

私の目の前によくコンビニで売られているような紙コップのコーヒーが置かれた。コーヒーに視線を落としたあとゆっくりと顔をあげる。

「何？　インスタントだと嫌？」

「いえ、そうじゃなくて……。インスタントコーヒーも飲まれるんですね？」

見た目から食事は高級なものしか口にしないといったイメージだけど、綾瀬さんに似つかわしくないインスタントコーヒーが出てきたので正直びっくりしてしまった。

そういえば掃除のときにこんな紙コップのゴミが捨ててあったのを見た気もするけれど、キッチンは洗い物以外一切触っていないので、こんなものが常備してあるとは全く知らなかった。

「たまにコーヒーが飲みたくなるんだが、豆から落とすのは面倒だろ？　だから家では仕方なしといったところか。まあインスタントでもそこまでまずくはないしな」

そういってコップを口につける。紙コップを手にする姿だけでも絵になるのは、やはりこのルックスだからだろう。

「それでこれからのことなんだが、最初に契約書を作成しておこうと思うんだ」

「契約書……ですか？」

いったいどういうことなのか私は首を傾げて聞き返した。

「この結婚は普通とは違う契約結婚だ。だから結婚をするにあたり契約書を作成しておかないと遥菜も心配だろ？　俺からの要望は先日話した通り、期間は一年間、一年後に約束通り離婚する。家事は今まで通りしてもらうのと、二カ月後に建設会社の設立五十周年のパーティーがあるんだ。そこに妻として一緒に出席してもらいたい。あと数回そういうのがあるが今のところはこのパーティーだけだ。それ以外は自由。もちろん寝室も別だから安心してほしい。ただし一年間は他人との恋愛はＮＧだ。ここまでで何か質問や不満はないか？」

綾瀬さんが穏やかに尋ねる。

なるほど、契約書ね。

私の心配もだけど綾瀬さんも契約書があると安心だもんね。

「いいえ。大丈夫です」

「じゃあ次な。一年後離婚したあとに遥菜が住む家だ。これも先日話した通り、離婚する際に慰謝料としてうちが所有しているマンションを渡す。それと契約期間中の生活費だが、クレジットカードを渡すのと毎月現金で十万円。足りないときはその都度要求すること。その他には何か要望はないか？」

「特にはないのですが、慰謝料としてマンションを貰《もら》うとか生活費を貰うとかそういうのはいいです。私も納得して受け入れたことなので」

私だって綾瀬さんを利用しているのだ。受け取ることはできない。

綾瀬さんは優しく微笑んだあと私をじっと見つめた。

「いいか遥菜、これは契約なんだ。契約する相手に優しさを見せてはいけない。そうすると自分が全てにおいて損をしてしまうぞ。今回遥菜は両親に嘘をついて俺と結婚して、最終的には戸籍も傷ついてしまうんだ。だからその代償だと思ってほしい。まあその遥菜の優しさに今回救われているのは俺だけどな」

綾瀬さんが自嘲するように笑みを浮かべる。非常識なことを提案してこれからそれを実行しようとしている人なのに、どういうわけかこうしてきちんと私のことも考えてくれている。

非情な人だったらもっといろんなことが割り切れるのに——。

この間からこういうふとした優しさを感じるたびに胸の奥がきゅうっと痛くなってしまう。

「でもそれだと綾瀬さんの生活が……」

「俺の生活？」

少し怪訝《けげん》そうな顔をして私を見る。

「いくら綾瀬不動産の役員だからと言っても、私に毎月生活費を渡すうえに一年後には慰謝料として高価なマンションを渡したりしたら綾瀬さんの生活が大変になってしまいませんか？」

私の言葉を聞いて、綾瀬さんは納得したように口元を緩めた。

「そんなことは気にしなくていいよ。遥菜にそのくらいのことはできる財力はある。特に趣味もないしそんなに金を使うこともないしな」

「でも……」

そんなことは気にしなくていいって言っても気になるし……。

「いいから。これは契約なんだ」

綾瀬さんの表情が急に真剣なものに変わった。その表情を見て私もハッと気づく。そうだ。これは一年後に離婚するときにトラブルを回避するためのものだ。綾瀬さんが私のことを思って言ってくれていることじゃない。ただの契約なのだ。

「すみません。わかりました。ありがとうございます。それではあといくつか質問しても大丈夫ですか？」

私は綾瀬さんに丁寧に頭を下げたあと、一緒に住むにあたって確認しておきたいことを尋ねた。

「綾瀬さんはこの間料理は作らなくていいと言われましたけど、私はここのキッチンとか冷蔵庫を使わせてもらってもいいのでしょうか？　できるだけ自分のごはんは作りたいのですが」

「好きに使ってくれて構わない。鍋とか必要なものがあればこれから渡すクレジットカードで全て買ってくれて構わないから」

「わかりました。綾瀬さんのごはんは全く必要ないのですか？」

「俺はスケジュールが変更になることが多いし夜も遅い。それに接待もある。適当に食べるから気にしなくていい。お互い干渉しない約束だしこれまでと同じように家事さえやってくれたら、俺のことは気にしないで朝も好きに寝ててくれて構わないから」

そんなことを言われても気分的にはどうも気が引けてしまう。

だけどそれが契約だからきちんと守らないといけないんだよね。

私はとりあえず「わかりました」と頷いた。

「それとお風呂なんですけど、私ってどういうタイミングで入らせてもらったらいいのでしょうか？　綾瀬さんが入りたい時間帯もあるでしょうし」

「俺は仕事から帰ってきてから入るのと朝にシャワーを浴びるけど、遥菜が使うときにバスルームを使用しているのがわかるようにしてくれたら好きに使って構わないよ」

朝は綾瀬さんが出かけたあとに使えるにしても夜はどんな感じかわからない。

これは実際に生活してから考えた方がよさそうだ。

「あと私が使用させてもらうお部屋なんですけど、どこになりますか？」

「一つはクローゼットに俺のスーツが入っているからもう一つの部屋でもいいか？　あの部屋に比べたら少し狭いんだが……」

「大丈夫です。ではそのお部屋をお借りします」

家具などは全て処分するつもりだし、部屋の広さは全く問題ないだろう。

「申し訳ないな。他には何かある？」

「あと一つ確認があります。この契約結婚ですが知っているのは私たち二人だけですよね？　他にも誰か知ってる方はいらっしゃいますか？」

「誰もいない。だから外では本当の夫婦らしく接してほしい。名前もな」

「えっ？　名前？」

「理人って呼ぶように慣れてほしいって言っただろ？」

思わず「あっ」と両手で口元を覆う。私の顔が可笑《おか》しかったのか綾瀬さんが楽しそうにクスッと笑った。

「今週の日曜日にうちの実家に行くことになったから。苗字で呼んでいたらおかしいだろ？」

わかってはいるけれど名前を呼ぶのはやっぱりハードルが高すぎる。

綾瀬さんは私の名前を呼ぶことなんてすっかり慣れてしまっているようだけど。

「月曜日に親父と兄貴に話したんだ。遥菜の家に挨拶に行って承諾をもらったこともな。遥菜とは仕事を通じて知り合ったとだけ話してある。二人とも俺が急に結婚すると言い出したから驚いていたけど、それよりそんな人がいたのならどうしてもっと早く紹介しなかったんだと言われたよ」

気まずさを隠すように右手で髪の毛に触れて柔らかい笑顔を向ける。その笑顔にまた胸の奥がドクンと反応した。

「日曜日にまた迎えに行くからよろしく頼む。それと引っ越しはいつになりそうか？」

「不動産会社には来月末に退去すると連絡しました。これから引っ越し業者に連絡しますが、荷物は少ないので家具とか処分できたらすぐに引っ越しできると思います」

「わかった。じゃあとりあえず今日の内容で契約書を作成しておくな。籍は遥菜が引っ越してきてから入れようと思うがそれでいいか？」

綾瀬さんから契約結婚の話を聞いてからまだ一カ月も経っていないというのに、なんというスピードの速さだ。私は「大丈夫です」と返事をして綾瀬さんが淹《い》れてくれた紙コップのコーヒーを飲み干した。


日曜日になり、綾瀬さんの家族へ挨拶に行く朝を迎えた。

昨晩は緊張してなかなか寝つけず、あまり眠れなかった。綾瀬さん自身のこともまだほとんど知らないのに、その家族に結婚の挨拶に行くなんて緊張と不安でいっぱいになる。それに本当に私のことを受け入れてくれるのだろうか。私は清楚に見える淡いピンクのワンピースに着替え、あまり派手にならないようにメイクをして髪の毛を巻いてふんわりとさせた。

約束の五分前にマンションの下に降りると、既に目の前に真っ赤なフェラーリが停まっていた。運転席に座っている人物を確認してドアをノックすると、綾瀬さんが手を伸ばして助手席のドアを開けてくれた。

「乗って」

綾瀬さんの服装は先週と違って、スタイリッシュなベージュのテーラードジャケットに同じ色のパンツを合わせ、インナーには黒のカットソーというお洒落なセットアップコーデだった。思わず上から下まで視線を動かしてしまう。

「今日は自分の実家だからな。それに帰りに寄るところもあるし」

私の視線に気づいたのか、聞いてもいないのに綾瀬さんが説明をしてくれた。

「そんなつもりじゃなくて……。すみません」

「どう考えてもこの車にこの服装だと結婚の挨拶って感じじゃないもんな。まあそんなに堅苦しくない家ってことだ」

「はい……」

「じゃあ出発するぞ。首都高が混んでなければ四十分くらいだ。この間みたいに緊張していたら結構疲れるぞ。この車は乗り心地が良くないから」

フェラーリなんて乗るのはこれが最初で最後だと思うけれど、綾瀬さんが言った通り、二人乗りで車高が低く車内もとても狭いせいか、運転席に座っている綾瀬さんにかなり近い。呼吸まで聞こえてしまいそうで嫌でも隣を意識してしまう。

これで緊張するなって言う方が無理でしょ……。

シートベルトを締めたところで途端にガウォォオーンというものすごい音がしてエンジンが動き始め、私はその音の大きさに目を丸くして固まってしまった。

な、なにこの音？

こんな音、近所迷惑もいいところだ。綾瀬さんは慣れているのか全く気にもせずアクセルを踏み始めた。さすがフェラーリということもあってか、歩行者や他の車とすれ違うたびに何かと視線を感じてしまう。そして一般道から高速に入ると急に車が加速を始めた。いつもより視点が低いせいかまるでジェットコースターにでも乗っている気分だ。少し恐怖を感じて綾瀬さんに視線を向けると、陽射しが眩《まぶ》しいのかいつの間にかサングラスをかけて運転をしていた。その男性らしい色気とハンドルを握る骨張った手が視界に入り、すぐに視線を下に落とす。綾瀬さんの実家に到着するまでの間、私の心臓は落ち着くことはなくドクンドクンと飛び跳ねていた。

綾瀬さんの実家は都内の高級住宅地と言われる場所にあった。辺り一帯に豪邸が建ち並んでいるけれど、さすが不動産業界トップの社長の家だけあってひときわ目を引く豪邸だ。駐車場に車を停めていると綺麗でスタイルのいい女性が現れた。

「いらっしゃい、理人くん。お父さんも郁人さんも楽しみに待ってたわよ。もちろん私もね」

大人の女性といった感じなのにその笑顔からはとても気さくで優しそうな雰囲気が伝わってくる
「義姉《ねえ》さん朝から悪いな。慧《けい》と蓮《れん》は？」

「二人とも今日はサッカーの練習に行ってるわ。お昼には帰ってくると思うけど」

「そうか。じゃあ今日は会えないかもな」

二人の会話を聞いているとその女性がにっこりと私に微笑んできた。

「はじめまして、桜井遥菜と申します」

「はじめまして、理人くんの兄の妻の優子《ゆうこ》です。理人くんが急に結婚するっていうからどんな女性なのか楽しみにしていたんだけど、こんなに可愛い女性だったんだ。これからよろしくね」

全く物怖《ものお》じせず、初めて会ったにもかかわらず気さくに挨拶をしてくれる。

優子さんに案内されて大きな広いリビングに通されると、綾瀬さんに目元が似た年配の男性と、柔らかい雰囲気を纏った整った顔立ちの男性がソファーに座っていた。

お父さんと思われる男性が私たちに視線を向けてゆっくりと立ち上がる。

「待っていたぞ、理人」

そして今度はお兄さんだと思われる男性が顔を綻ばせながら口を開いた。

「理人、あれだけ結婚には興味を示さなかったお前が結婚すると言ったときは信じられなかったが本当だったんだな。とても可愛らしいお嬢さんじゃないか」

「親父、兄貴、義姉さん、こちらが桜井遥菜さんだ。先日話したように彼女にも彼女の両親にも既に結婚の承諾はもらっている。それで近いうちに遥菜と籍を入れようと思ってるんだ」

綾瀬さんが隣に立っていた私の肩に触れ、そう紹介した。いきなり肩を触れられたことにビクッと驚きながらも私はすぐに深く頭を下げた。

「はじめまして。桜井遥菜と申します。どうぞよろしくお願いいたします」

触れられた肩に熱を感じながら挨拶をして三人の顔を真っ直ぐに見る。そのまま緊張して立っていると優子さんが優しい笑顔を向けてくれた。

「みんな立ったままだと話しづらいでしょ。私はお茶の用意をしてくるわね」

忘れないように持っていた手土産を綾瀬さんのお父さんに渡したあと、四人でソファーに座った。少ししてとても香りのいい紅茶を運んできた優子さんがティーカップを机の上に置いてくれて、みんなが揃《そろ》ったところでお父さんが最初に口を開いた。

「理人、結婚するのはわかったが、先に籍を入れるということは結婚式はいつになるんだ？」

綾瀬不動産の御曹司が結婚するのだ。お父さんも気になるところだろう。

「そのことなんだが遥菜とも話し合って俺の仕事が少し落ち着いてからにしようと思っている。今、都内の高層オフィスビルのプロジェクトで忙しいだろ？　そんな中で準備をするといっても遥菜一人にさせてしまうからな」

綾瀬さんはあらかじめ答えを用意していたのか戸惑うことなく答えている。

「それはお前の都合だろ？　遥菜さんのご両親に申し訳ないじゃないか。遥菜さんだって早く結婚式を挙げたいだろうし」

「そうよ。女性にとって結婚式は一大イベントだからやっぱり早くしたいじゃない。ねぇ遥菜さん？」

優子さんもお父さんの意見に同調するように大きく頷いている。

「両親は理人さんの仕事や結婚式のことには納得してくれています。それに私も理人さんが毎日とても忙しい中で準備をしてもらうのは申し訳ないです。理人さんの仕事が落ち着いてから二人でゆっくりと一緒に考えようと思っています」

私はいつからこんなに大嘘つきになったのだろう。自分の口からこんなにスラスラと言葉が出てくるなんて。

「理人、お前の仕事を理解してこうして配慮までしてくれるなんて優しい彼女じゃないか。まあ高層オフィスビルの件は今が正念場だからな。二人がそう決めたのなら仕方ないが……。だがなるべく結婚式は早めにしろよ。遥菜さんのご両親が楽しみにしているだろうしな」

「わかったよ」

綾瀬さんは隣で、はいはいと言わんばかりに頷いている。そんな綾瀬さんを見て呆れたように笑っていたお兄さんが今度は私に尋ねてきた。

「ところで遥菜さんはスノーエージェンシーの佐山の下で働いていたんだって？」

「入社してから佐山部長の下で営業部のアシスタントとして働いていました」

「実は佐山とは高校の時の同級生でね」

「私も理人さんからそのことをお聞きしてびっくりしました」

「これも何かの縁だろうね。理人も遥菜さんとは仕事の話も合うんじゃないのか？　よかったな」

柔らかい顔立ちが笑顔でますます柔らかくなる。綾瀬さんが精悍《せいかん》な顔立ちのイケメンなら、お兄さんは柔和な顔立ちのイケメンといったところだろうか。

「それにしても理人くん、いつから付き合っていたの？　こんな可愛い彼女がいたのに私たちに隠していたなんて。あれだけお見合いの話を断っていたのは遥菜さんがいたからだったのね」

今度は優子さんが質問をしてきた。三人の視線が集中して私は愛想笑いを浮かべることしかできない。すると綾瀬さんは会話を遮断するように立ち上がった。

「悪い、義姉さん。まだ話し足りないと思うんだがこれから遥菜と予定があるんだ。そろそろ帰るよ」

「えっ、もう帰っちゃうの？」

「なんだ理人。さっき来たばかりなのにもう帰るのか？」

優子さんやお兄さんが驚いた顔で綾瀬さんを見る。

「今日は挨拶として遥菜の顔を見せにきただけだから。これから結婚指輪を買いに行くんだ。ここに長くいると選ぶ時間がなくなるだろ？」

「まあそうだったのね！　それはしっかり選ばなきゃ！」

「結婚指輪か。それなら早く行った方がいい。挙式もまだ先なんだ。理人、遥菜さんに失礼のないようきちんとした指輪を渡すんだぞ」

お父さんが綾瀬さんに厳しい視線を向けたあとにこやかに微笑んだ。

「そんなことはわかってるよ。遥菜、行くぞ」

理人さんは再び私の肩に触れると、「親父、兄貴、義姉さん、また来るわ」と言って玄関に向かい、実家を後にした。

再び車に乗ったところで、ふうーっと息を吐く。私は胸にかかったシートベルトを両手でぎゅっと握って窓の外をぼうっと見つめていた。仕事をやり終えた安堵感でなんだか気が抜けてしまったようだ。

「これでなんとかなりそうだな」

隣から声が聞こえてきて視線を向けると綾瀬さんも安心した表情をしていた。

「無事に切り抜けられてよかったです。両親同士の顔合わせとか言われたら正直どうしようかとびくびくしてました」

「俺もそこまで答えを用意してなくてな。まあ聞かれたら適当にごまかすしかないと思っていたけど聞かれなくて助かったよ」

お互いにほっとしたのか顔を見合わせてクスッと笑う。

「それでこれから結婚指輪を買いに行くんだが、籍を入れたら一年間は着けておいてほしい。他の相手からの牽制《けんせい》にもなるし、怪しまれないために必要なものだしな」

そう言われて連れてこられた場所はなんと銀座にあるハイブランドのジュエリーショップだった。敷居が高くて素通りしたくなる重厚な扉の中には、スーツを着たドアマンがお客様を出迎えるため、ビシッと立って待っている。

「綾瀬さん、こんなところで指輪を買うんですか？」

「そのつもりだが。このブランドだと不満か？」

「そうじゃなくて着けるのは一年ですよね？　もっと普通の指輪でいいんじゃないですか？」

こんな有名なブランドの結婚指輪なんてどんなに安くても二つで五十万円は下らないはずだ。一年間の契約結婚なのにこんなに高級な指輪を購入するなんて。私は見せかけだけの安価な指輪でじゅうぶんだと思っていた。

「確かにノーブランドの普通の指輪も考えたんだが、俺を知らない人間から見たらこういうところで妻への愛情の度合いを計るだろ？　女性は特に目ざといからな。これは必要経費だ」

「必要経費って言われても……」

「もったいないと思うかもしれないが、安っぽい指輪をしていると妻はそのくらいの価値の人間なのかと思われて、結婚したにもかかわらずまた言い寄られても困るんだ」

結婚しても言い寄られる？

どれだけこの人はモテるっていうの？

結婚したら安泰なのかと思っていたらそれで終わりではないことに私は驚いて声も出なかった。この人と本当に結婚したら心配で仕方ないだろう。

「入るぞ。それと店の中では理人な」

そう言われ「あっ」と声を上げながら綾瀬さんの後ろについてお店に入ろうとすると、中にいたドアマンがすかさず扉を開けてくれた。

足を踏み入れた瞬間、高級感溢れる落ち着いた雰囲気に圧倒されてしまう。そこにはキラキラと輝く宝石がガラスケースの中にたくさん飾られていた。

「どれがいい？　好きなの選んで」

そんなことを言われても場違い過ぎて気後れしてしまうし、こんな高級な指輪をさして「これがいいです」なんて言えるわけもない。私は彼女ではなくただの契約者なのだ。付いている値札を見るだけで卒倒してしまう。

「選べません……。り、理人さんが選んでくれませんか？」

周りに聞こえないように小さな声で囁《ささや》くと、綾瀬さんは仕方ないといった顔で店員さんを呼んでいくつか指輪を出してもらった。あれこれとデザインを確認しては、「はめてみて」と私の指に着けさせる。こんなに綾瀬さんや店員さんの前で指を晒《さら》すことになるのなら、綺麗なジェルネイルでもしてくればよかったと後悔しつつ、私は何度も着けたり外したりを繰り返していた。

どのくらい指輪を着けただろうか。綾瀬さんは「やっぱりこれが一番似合うな」と言って、その中から丸みを帯びた優しいフォルムの中に一粒のダイヤモンドが輝く結婚指輪を選んだ。

『これが一番似合うな』という言葉に、綾瀬さんが私のために選んでくれた指輪のようで、勘違いしてはいけないとわかっているのになぜだか嬉しさが込み上げてくる。

だけどこれは先ほど綾瀬さんが言った通り、安っぽい指輪をして外部から怪しまれたり言い寄られたりしないための道具なのだ。綾瀬さんの言葉には何の他意もないのだ。

お店の人が包んでくれている間、ただの契約者の私にこんな高級なものを買ってもらうことが心苦しく、申し訳ない気持ちでいっぱいになっていた。

彼氏からも指輪なんてもらったことないのに……。

今まで付き合った二人の彼氏からプレゼントされたジュエリーはピアスやネックレスだった。一度だけ清貴が通りすがりのお店で三千円くらいのファッションリングを買ってくれたけれど、こんな高級な指輪には程遠かった。安価ではあったけどその時はすごく嬉しくて、あんなことが起きるまではとても大切にしていた。

初めて男性からプレゼントされた指輪がこの綾瀬さんからの結婚指輪ということに、私はなんとも言えない複雑な気持ちを抱えていた。

契約成立

綾瀬さんの家族に挨拶をしたあとは私も引っ越しの準備で忙しく、瞬く間に時間が過ぎていった。家具や家電は関東に来てから十年近く使っていたので処分し、食器も清貴のことを思い出すので全て廃棄することにした。残ったのは洋服や鞄、靴やお気に入りの本などを詰め込んだ段ボールと、新しく買い替えたセミダブルの布団だけだった。物が何も無くなるとこんなにも広いと感じるものなのだろうか。何もない部屋にぽつんと一人いることに言いようのない寂しさが込み上げてきて、私はこれからの新しい生活に思いを馳《は》せながらこの部屋での最後の眠りについた。

そして翌日から私は綾瀬さんのマンションで一緒に生活することになった。

無事に引っ越しが終わり私に与えられた部屋の中で段ボールを開けていると、綾瀬さんに「ちょっといい？」とリビングに来るように呼ばれた。リビングに行くとダイニングテーブルの上には紙コップのコーヒーといくつかの書類が置いてあり、綾瀬さんは既に椅子に座っていた。

「短い期間で色々と大変だったと思うが本当に無理を言ってすまなかった。今日から、いや正式には明日から一年間、結婚の契約をすることになる。先日話した内容で契約書を作成したんだ。目を通して内容に間違いなければサインしてほしい」

　そう言われて手渡された書類は、甲とか乙といった文字が記載された契約書だった。

「これってどこかに依頼して作成されたのですか？」

　書類をパラパラと捲ったあと綾瀬さんに視線を向ける。

「知り合いの弁護士に頼んで作成してもらったんだ。法的な書類だから俺が約束を守らないことはない。だから安心してほしい」

「知り合いの弁護士さんだと契約結婚のことがバレちゃうんじゃないですか？」

　契約結婚のことは誰も知らないと言っていたのに、万が一バレてしまったらどうするのだろう。心配している私を見て綾瀬さんは口元を緩めた。

「それは大丈夫だ。弁護士には守秘義務があるだろう？　それに知り合いと言っても海斗の知り合いの弁護士だから俺とは直接関わりはない。もちろん海斗自身も知らない。海斗には弁護士を紹介してもらっただけだからな」

　綾瀬さんの答えに頷きながら手渡された契約書を最初から開いて目を通していく。

そこにはこの間二人で話したことが全て記載されていて、最後のページには甲の欄に綾瀬さんの整った自筆のサインと印鑑が押してあった。

「内容を確認しました。私もここにサインをして印鑑を押したらいいですか？」

「もう一通同じものがあるから、これも中を確認したら二通ともサインしてほしい。

それで一通ずつお互いが持っておくことになるから」

私も乙の欄に自分の名前を書いて印鑑を押し、綾瀬さんに確認をしてもらったあと二通のうちの一通を受け取った。

「じゃあこれでまず一つ目が終了な。次に二つ目。婚姻届だ。明日これを役所に提出しようと思っている。だから今度はこれに記載してほしいんだ」

綾瀬さんはクリアファイルから出した紙を私の方に向けてテーブルの上に置いた。

A3サイズの用紙の上には『婚姻届』と書かれてあり、既に綾瀬さんの部分は記載済みで私の箇所だけ空欄になっている。ドラマなどでは何度か見たことがあるけれどこうして実際に目にするのは初めてだ。

わぁ、これが婚姻届なんだ……。

もっと重みのある書類だと思っていたけれどこんなに薄くてペラペラな用紙だとは驚いてしまった。

そっか。籍を入れるってことはこの婚姻届を書いて役所に提出しないとだめなんだ。一般常識として知っていることなのに『結婚する』ということにあまりにも実感がなさ過ぎて、婚姻届のことなんてすっかり忘れていた。

これを書いたら本当に綾瀬さんと結婚することになるんだ。

この紙一枚で、ほんとに……。

そう思うとなんだかすごく責任重大な気がして急に心臓がドキドキしてきた。綾瀬さんにじっと見つめられる中、間違えないように丁寧に記載していく。全て書き終わり署名のところに印鑑を押して綾瀬さんに渡した。

「ありがとう。証人は明日俺の親父と兄貴に書いてもらおうと思う。そのあと役所へ提出してくる。そしたら君も桜井遥菜から綾瀬遥菜になるからな」

「えっ？」

「何を驚いているんだ？　籍を入れたら当然のことだろ？」

綾瀬遥菜――。

そうだ。私、苗字が綾瀬に変わるんだ……。

桜井じゃなくてこの綾瀬さんと同じ名前になるんだ……。

この婚姻届もさっきの契約書も『桜井遥菜』と記載したけれど、明日からは全て『綾瀬遥菜』と記載するようになる。結婚をするということがこんなにも自分の中で変わっていくなんて考えてもいなかった。ただ綾瀬さんと一緒に住んで夫婦を演じ、一年後に離婚すればそれで終わりだと思っていた。

「これで二つ目が終了。そして三つ目。クレジットカードと現金十万円の件だ。クレジットカードは入籍後に遥菜の家族カードを作るからこれからは全てそのカードを使ってほしい。現金はこれから毎月渡すから。これは今月分の現金な」

テーブルの上に封筒に入った十万円が置かれた。

「遥菜、これは契約だから遠慮せずに使えよ。遥菜も生活費が必要なんだからここから好きに使ったらいい。それとこの間買った指輪だ。これを今日から着けてほしい」

綾瀬さんが箱を開けると先日選んだ結婚指輪が二つ仲良く並んで入っていた。片方の指輪を手に取り私の手のひらにそっと置いてくれる。そして自分の指輪を取り出すとそのまま左手の薬指に入れた。

長くてしなやかでそれでいて男性らしい骨張った手に指輪がはめられ、左手を動かすたびにキラキラと輝く指輪が目に入り、とても色っぽく感じてしまう。きっとこういう男性を会社や街で見かけると、「この指輪は二人で一緒に選んだのかな」とか、「奥さんのことが大好きなんだろうな」なんて思ってしまうだろう。綾瀬さんが言っていた通り、男性がブランドの結婚指輪をしているとこういうところで愛情を計ってしまいそうだ。

綾瀬さんに愛される人は幸せかもしれないな。

この間は綾瀬さんと本当に結婚したら心配で仕方ないだろうと思っていたのに、綾瀬さんの指を見ていたらそんなことを感じてしまった。私も同じように左手の薬指に指輪を着けてみる。急に『結婚』というものが目に見えて証明されたようで、気恥ずかしさから視線をそらしてしまった。

「これで少しは夫婦に見えるよな。　契約期間はこの指輪も外さないようにな」

「はい。　わかりました」

私の薬指でキラキラと輝くその指輪はとても眩しくて私には不相応な気がした。

ドキドキの朝食作り

綾瀬さんと一緒に生活を始めてから一週間が経った。

私は毎日家事をこなしながら色々な手続きに何かと忙しかった。結婚して苗字が変わるというだけでこんなにも大変だったとは思ってもみなかった。銀行に運転免許証に携帯電話、生命保険にクレジットカードなど、変更の手続きを終えるたびに名前が桜井遥菜から綾瀬遥菜に変わっていく。それがひとつずつ増えるごとに本当に結婚をしたという現実を肌で感じていた。

その一方で綾瀬さんとは一緒に住んでいてもほとんど顔を合わせることはなかった。というのも綾瀬さんは毎朝七時半前には会社へと出かけていき、帰ってくるのも夜十一時を過ぎていた。お互い干渉しないという約束だったので、私も朝は綾瀬さんが会社に出かけたあとで部屋から出ていたし、夜も九時には自分の部屋の中に入りそれからは一切出ることはしなかった。

だけど一緒に住んでいるのに全く顔を合わせないというのはどうも落ち着かない。おそらく綾瀬さんは何とも思っていないのだろうけれど、ここに住まわせてもらい生活費まで出してもらっているのに、毎日挨拶もせずに好き勝手に生活するなんて綾瀬さんに対して失礼な気がして仕方がなかった。

最初の一週間で綾瀬さんの生活スタイルを把握した私は、綾瀬さんが休みの日曜日、リビングでくつろぐタイミングを見計らって声をかけてみた。

「綾瀬さんすみません。少しお話があるのですが今お時間って大丈夫ですか？」

ソファーの上で足を伸ばしてくつろいで書類を読んでいた綾瀬さんが私に視線を向ける。こうして綾瀬さんと顔を合わせるのはここに引っ越してきた日以来だ。

「大丈夫だけど」

一週間ぶりに私の顔を見ても何とも思わないのか、綾瀬さんは全く驚くこともなく普通にソファーから足を下ろすと私の方に身体を向けた。私は目の前のふわふわのラグの上に正座して座った。

「そんなところに座らずにソファーに座ったら？」

綾瀬さんは自分の隣に座るように手のひらを横に差し出した。横に座って話すより正面を向いて話す方が表情も読み取りやすいので、私はそれを断ると綾瀬さんと向き合って座り、見上げるように顔を向けた。

「一週間ここで生活させてもらって、もし可能であればいくつか許可をいただければと思いまして……」

「許可？　何の？」

怪訝そうな顔はするものの不機嫌になることはなく、普通に聞き返してくれたことに安堵する。

「朝ですが六時くらいからキッチンを使わせてもらってもいいですか？　実は銀行とか免許証の名義変更が色々あって、できるだけ早く家事を済ませてから行きたいと思いまして。わがままを言ってしまってすみません」

本当はもう全て終わっているけれど、朝からキッチンを使う口実はこれしか思いつかなかった。綾瀬さんが起きる時間にキッチンにいれば挨拶ができるはずだ。

「それは構わないよ。俺のことは気にせずに好きに使ったらいい」

「ありがとうございます。では明日からそうさせていただきますね。それと洗濯ですが綾瀬さんは今ご自分で下着を洗濯されていますよね？　もし嫌でなければ私が洗濯しますので洗濯機の中に入れておいてください。あっ、決して変な意味じゃなくて。私、お父さんや大樹ので慣れてますし、自分の洗濯物もありますので……」

必死で首と両手を振って深い意味はないことを訴える。家政婦をしていたときもそうだったけど、一緒に生活を始めてからも綾瀬さんの洗濯物の中に下着類は入っていなかった。朝も早いというのにあんなに遅い時間に帰って自分で洗濯をしているのなら、寝る時間が少なくなってしまう。私の必死さに綾瀬さんはクスッと笑みをこぼしながら首を横に振った。

「大丈夫だよ。それは自分でするから」

「やっぱり他人が触るのは嫌……ですか？」

もしかして不快に思ったのではと気になり、窺うように表情を見つめる。

「正直助かるけど下着まで洗わせるのは失礼だろ？　それは自分でするよ」

「でも綾瀬さん、毎晩帰宅されるのが遅いですよね？　お互い干渉しない約束ですけどその時間が省かれるだけでも早く寝られると思います。それに一年間は契約とはいえ夫婦ですし。家族の洗濯をするのは当たり前のことですよね？」

毎日あんな働き方をしていたらいつか身体を壊してしまう。

できることなら負担を軽くしてあげたい。

「では時間が遅いときはお願いするよ。ただ一年間は契約とはいえ夫婦というのであれば呼び方も慣れてもらわないとな。話し方もそんなんじゃバレてしまうぞ」

にやっと口端を上げながらそれでいてじろりと視線を向ける。

「あっ、すみません。本当にすみません。これからは絶対に気をつけます」

私は縮こまりながら深々と頭を下げた。

「他には何かあるか？　もうそれで終わりか？」

「あと一つ。今日もここで自分のごはんを作るのですが、綾瀬さん……じゃなくて理人さんがお休みの日は一緒に作っても大丈夫ですか？　干渉しないでほしいと言われるのでしたら私の分だけ作りますけど、理人さんも食事はされますよね？　外食するのであれば一緒に作らせてもらえればと」

この申し出は機嫌が悪くなるかなと思いながらまた綾瀬さんの表情を窺う。

綾瀬さんはしばらく難しい顔をして考えたあと、組んでいた片手を顎につけた。

「有り難い話だがそれだと契約に違反するだろ？　料理は作らなくていいという約束だしな」

「そうですけどここに理人さんがいらっしゃるのに私だけ自分のごはんを作って一人で食べるのもなんだか気が引けて……。そんな大した料理はできませんがお休みの日くらいは外食されずにお家でゆっくりされたらどうですか？」

「わかった。じゃあ休みの日はお願いするよ。申し訳ないな」

目を細めて笑ってくれたことにほっとして胸を撫で下ろす。

「私もその方が気にせずにごはんが食べられます。理人さんが近くにいるのに自分のごはんだけを作って一人で食べるのってすごく意地悪な人みたいですし」

「意地悪な人って……。そんなことは思わないよ。でも本当に遥菜はいい両親に育てられたんだな」

口元を緩めた柔らかい微笑みと自分の両親を褒めてくれた言葉がとても嬉しくて、私は笑顔で綾瀬さんにお礼を言うとその場から立ち上がり自分の部屋に戻っていった。

翌日、私は五時半に起きると顔を洗って着替えを済ませメイクをしたあと、部屋からコーヒーメーカーを持ってキッチンに移動した。土曜日に家電量販店に行って自分の部屋のテレビを買ったついでにこのコーヒーメーカーも一緒に購入したのだ。テレビは今日のお昼から配送してもらう予定だけれど、これだけは先に持って帰ってきた。

これらを買うにあたり、家族カードが届くまで待った方がいいのか、先日綾瀬さんから渡された現金を使った方がいいのかと迷ったけれど、綾瀬さんのお金を使うことがやっぱり忍びなくて、これは元々自分が買う予定だったからと理由づけて、スノーエージェンシーでもらった退職金で買うことにした。

さっそくコードを挿し込み、挽《ひ》いた豆をセットして指定の場所にミネラルウォーターを注いでいく。少ししてボコボコと音がし始め、部屋の中にコーヒーのいい香りが充満してきた。コーヒーの香りに癒されながら朝食のことを考える。

綾瀬さんって朝ごはんは食べるのかな？

お休みの日は作ってもいいって許可をもらったけど、平日の朝ごはんも作ったら何か言われちゃうかな？

昨日の夜、綾瀬さんに許可をもらったことでこの部屋で初めて二人でごはんを食べた。「お休みの日はごはんを作らせてもらいますね」と宣言したものの冷蔵庫を開けると材料がほとんどなくて、お豆腐を豚肉で巻いた甘辛煮と小松菜と舞茸《まいたけ》のソテーに玉子焼きという、どう見ても地味なメニューになってしまった。

綾瀬さんはテーブルに並んだ料理を見て一瞬驚いた顔をしながらも、きれいな箸使いで全て食べてくれた。途中、私が窺うようにチラチラと視線を向けていると、「心配しなくても美味しいよ」と言って微笑んでくれたのがとても嬉しかった。あの笑顔がもう一度見たくてまた何か作ってみたい気持ちになってしまう。

そうだ。用意だけして食べなければ私の朝ごはんにしたらいいよね?

まずは簡単におむすびだけ作ってみる?

朝から豪勢に用意したら敬遠されるかもしれないけれど、おむすびだけだと何も言われないかもしれない。そう考えたものの買い物に行ってないことでおむすびの具材になるものが何もなく、あるのはツナ缶としば漬けだけだった。私は仕方なくひと口サイズのツナマヨのおむすびと、しば漬けを細かく刻んで白ごまと混ぜたおむすびも作ってダイニングテーブルの上に置いた。

六時過ぎにガチャッとドアの開く音がしてスウェット姿の綾瀬さんが部屋から出てきた。まだ眠そうな顔はしているけれど寝起きにもかかわらずイケメンな顔は健在だ。髪の毛もピンピンに飛び跳ねていることもない。

「お、おはようございます。朝早くからキッチンを使わせてもらってすみません」

「ああ、いや……。顔を洗ってくる」

やっぱり寝起きの顔を見られるのが嫌なのか、それとも朝だからあまり機嫌がよくないのか、さっさと洗面所に行ってしまった。少しして顔を洗って戻ってきた綾瀬さんにドキドキしながら恐る恐る声をかけてみた。

「理人さん、コーヒーを淹れてあるんですけどもしよかったら飲まれますか？　私、朝ごはんのあとはいつもコーヒーなので。ちなみにインスタントじゃないです」

怒られないように自分のために作ったとアピールをして愛想笑いを浮かべてみる。

「ありがとう……。もらってもいいのか？」

一瞬戸惑ったような顔をしながらも怒らずに答えてくれた。

「大丈夫です。すぐに淹れますね」

私はマグカップにコーヒーを注ぐと、小さなカップにお味噌《みそ》汁も入れて一緒にテーブルの上に置いた。

「コーヒーここに置きますね。それとこれは私の朝ごはん用のおむすびなんですけどたくさんあるのでよかったらどうぞ。コーヒーだと合わないのでお味噌汁も一緒に置いておきますね。食器は全てそのままテーブルに残してもらって大丈夫ですので」

これも自分のために作ったものだとアピールをしてテーブルの上に置いていく。

こんなことはしなくていいと言われるのが怖いので、私はテーブルにそれらを置くとキッチンに移動して準備していたゴミ袋を持ち、「ちょっとゴミを捨ててきますね」と言って綾瀬さんの顔も見ずにすぐに玄関に向かった。

玄関を出たところで呼吸を整えながら胸を押さえてふうーと息を吐く。おむすびは別にして、コーヒーだけでも飲むと答えてくれたことがとても嬉しかった。前に「豆から落とすのが面倒でインスタントコーヒーで我慢している」と言っていたからだ。そのコーヒー好きの綾瀬さんに喜んでもらえたような気がして、断られなかったという事実が嬉しくて仕方がなかった。

『ありがとう。もらってもいいのか』

綾瀬さんに言われた言葉が画像とともに頭の中で何度もリピートされる。

たったひとことだけなのに自然と顔が綻び、ゴミ置き場までの歩みを軽くさせた。

そして部屋に戻り洗面所で手を洗っていると、突然ドアが開き綾瀬さんが入ってきた
「きゃあっ」

「悪い。ここにいると思ってなかった……」

「すみません。ここ使われるんですよね。私は手を洗っていただけなので」

朝食のことで何か言われるのではと心配になり、顔を直視することができない。

「遥菜、テーブルの上、もう下げて大丈夫だから」

「わ、わかりました」

私は頭を下げると逃げるようにリビングへ戻っていった。

あんな狭い洗面所の中で綾瀬さんと遭遇するとは……。

寝起きの低い声で「遥菜」と呼ばれたことに、穏やかだった心臓が目を覚ましたように活発に動き始め、一気に身体中に血が巡り始める。

あー、びっくりした……。

綾瀬さんが出勤する前は洗面所は使わないようにしないと。

両手で胸を押さえ少し気持ちが落ち着いたところで、食器を片付けようとテーブルへ移動した。すると二種類のおむすびがひとつずつと小さなカップに入れたお味噌汁が空になり、コーヒーが半分くらい残っていた。

あっ！　綾瀬さんおむすびも食べてくれてる！

残ったお皿とマグカップを見つめながら自然と顔が綻んでくる。怒らずにコーヒーだけでなくおむすびまで食べてくれたという事実が、私のことを受け入れてくれているようで嬉しくて堪らない。こんな顔をしていたら綾瀬さんが戻ってきた時にどう思われてしまうか怖いので、にやけた顔を元に戻そうと両手で頬を押さえてみるけれど一向に顔が戻らない。

明日も作ったらまた食べてくれるかな？

そんな新たな欲望が顔を出してくる。私はにやけてしまう顔を必死で堪えながら食器を洗い始めた。

シャワーを浴びて出てきた綾瀬さんはワイシャツとスーツを手に取ってそのまま寝室へ入っていった。そして次にリビングへ戻ってきた時には完璧に準備が完了していた。久しぶりに見る綾瀬さんのスーツ姿。今日は見慣れたネイビーのスーツではなく、チャコールグレーのスーツにボルドーのネクタイを合わせている。そして左手の薬指には結婚指輪が光っていた。ずっと眺めていたくなるほど少しの乱れもなくてかっこいい。

私の視線に気づいたのか綾瀬さんは鞄を持つと、「じゃあ、行ってくる」と言って玄関へと向かった。自然とそのままついていきそうになり、一歩足を踏み出してからその場に立ち止まる。玄関まで見送りしたら何か言われてしまうだろうかとそんな思いが脳裏を掠《かす》めた。私はその場で少し笑みを浮かべて、「行ってらっしゃい」と口にすると綾瀬さんの後ろ姿を見送った。

その日から私は朝食を作るのがとても楽しみになっていた。ひと口サイズのものをテーブルの上に置いておくと綾瀬さんが少しずつ食べてくれるようになったのだ。それが嬉しくて私は時間ができるとネットで朝食のレシピを探してみたり、デパ地下のお洒落なお惣菜《そうざい》を真似《まね》して夕食で作ってみたり、料理を作ることが今まで以上に楽しくなっていた。そしてこれがきっかけで綾瀬さんとの会話も少しずつ増えていき、私は最初の不安からは想像できないくらいのとても満たされた日々を過ごしていた。

惹かれていく心

十二月に入りカレンダーのページも残すところあと一枚になった。

街中がクリスマスムード一色になってくると、今年も終わりに近づいてきたことがひしひしと感じられてしまう。

綾瀬さんと一緒に生活をするようになって早くも一カ月が過ぎ、一定の距離を保ちながらの生活は思っていたよりも快適で、綾瀬さんの様子から見ても特に不満はなさそうな感じだった。最近は下着も洗濯機に入れてくれるようになり、そんな小さな変化が私のことを信用してくれているようでとても嬉しかった。

そんな中、休みの日に一緒に夕食を食べていたときに綾瀬さんが突然パーティーの話を始めた。

「来週の土曜に大和《やまと》建設の設立五十周年のパーティーがあるんだ。そこに妻として一緒に出席してもらいたい。パートナー同伴のパーティーだから結婚したことを広めるには絶好の機会だと思ってな」

契約結婚をするときに条件として言っていたあのパーティーのようだ。大和建設と言えば私がタワーマンションの広告に携わっていた時の施工会社で、確か清貴が「今度大和建設が都内にホテルを建てるんだ」と話していたのを思い出した。

「大和建設というと豊洲《とよす》一帯のタワーマンションや昨年都内にプレジールホテルを建てた会社ですよね？」

「さすがよく知っているな」

綾瀬さんは柔らかい表情でにこっと笑うとそのまま話を続けた。

「そのプレジールホテルでパーティーがあるんだ。パーティーは十八時からなんだが、先に準備をするのに十二時に早川が迎えにくる。遥菜も知っているだろう？」

「早川さんって最初にこのマンションを案内してくれた方ですよね？　それより準備？　迎え……ですか？」

パーティーに出席するだけなのに早川さんに迎えにきてもらってまで準備が必要なのだろうか。

「招待客は全員それなりのドレスコードで来るからな。だから遥菜にもパーティー用のドレスに着替えて出席をしてもらいたいんだ。このパーティーには親父たちも出席する。早川が迎えにきたら義姉さんがいるサロンへ連れていってくれるからあとは義姉さんに従ったらいい。心配することないよ」

そんな想像もつかないパーティーに私のような何もわからない者が出席して大丈夫なのかと不安になる。だけどこれは契約結婚をするときの約束事項だ。綾瀬さんに迷惑をかけることはできない。私は「わかりました」と返事をすると、お義姉さんに事前に注意事項を教えてもらおうと考えていた。


設立パーティー当日の朝。

いつものようにキッチンで朝食の準備をしていると綾瀬さんが寝室から出てきた。綾瀬不動産は週休二日で土日がお休みだけど、綾瀬さんは土曜日も出勤していて出かけるのは平日よりも少し遅い。

「おはようございます」

「おはよう」

こうして挨拶をすると最近はきちんと顔を見て挨拶を返してくれるようになった。こんな変化も嬉しくてつい顔が綻んでしまう。私は緩んだ顔を必死で元に戻しながらマグカップにコーヒーを注ぐと、ダイニングテーブルの上に置いた。

今日の朝食はマヨネーズを塗った食パンにハムとチーズ、アルファルファ、トマトをホットサンドメーカーに挟んで焼き上げたサンドイッチだ。それを食べやすいように四分の一にカットしてお皿にのせ、ドライフルーツを入れたヨーグルトと一緒にテーブルの上に置いた。

土日は時間があるせいか、それともホットサンドが好きなのか、こうやって作っておくと普通のサンドイッチよりもよく食べてくれる。食べる姿をずっと見ていたいけれどそんなことをして食べてもらえなくなる方が怖いので、気づかれないようにチラチラと視線だけを動かしながら私は自分のホットサンドを作り始めた。

「なあ遥菜。今日のパーティー覚えているよな？」

綾瀬さんがホットサンドを口に運びながらコンロの前にいる私に話しかけてきた。

「十二時に早川さんがここに迎えに来られるんですよね？」

「着いたら下からインターホンを鳴らすように言ってあるから、早川の車に乗って青《あお》山《やま》に向かってほしい。俺は会場で待っているから」

こんな大きなパーティーできちんと綾瀬さんの奥さんとして務まるのだろうか。

粗相のないように細心の注意を払うにしてもやっぱり不安が押し寄せてくる。

「そんな心配そうな顔をしなくても大丈夫だ。俺もなるべく遥菜から離れないようにするけど、心配だったら義姉さんのそばにいたらいい」

綾瀬さんが優しい笑顔を向けてくれる。その笑顔に心が安定するのを感じながら私は小さく頷いた。綾瀬さんは朝食を食べ終えると支度をして、「今日はよろしく頼むな」と言って会社へと出かけていった。私も早川さんが迎えにくるというので朝から急いで家事を済ませて準備をした。

そして十二時少し前にインターホンが鳴り、モニターに早川さんの顔が映し出された。

「早川です。奥様、お迎えにあがりました」

応答ボタンを押して返事をすると若々しい元気な声が聞こえてきて、マンションの下に降りるとエントランスの前に早川さんが立って待っていた。

「お待たせしました。どうぞご乗車ください」

私を案内してハイヤーのような黒いセダンの後部座席のドアを開けてくれる。

「これから青山のサロンに向かいます。それまではごゆっくりとおくつろぎください。申し訳ございませんがシートベルトだけお願いします」

運転席に戻った早川さんがバックミラーで私のシートベルトを確認すると、車を発進させた。道は渋滞することなく車は一般道を通り抜けて高速へと移動していく。車内で何も話さずに黙っているのもなんだか気が引けて、私は高速に入ったところで後ろから早川さんに声をかけた。

「早川さんはいつもこんな車で営業に回られているんですか？」

バックミラーに映る早川さんの顔に視線を向けると、早川さんはそのミラー越しににっこりと微笑んでくれた。

「僕は営業ではなくて常務の運転手なんですよ。聞かれていませんでしたか？」

えっ？　運転手？

一瞬しまったと思いミラーから視線を外し、すぐに平静を装って笑顔を向けた。

「そうだ！　理人さん……いえ主人から前に確か運転手さんだって聞いていました。早川さんに最初に会った時の印象がまるでモデルルームの説明を受けているようで、私が勝手に営業の方だと思い込んでいたんです」

綾瀬さんのことを『主人』なんて言ってしまい、恥ずかしくて顔が真っ赤になってしまう。だけど早川さんは私が営業と間違えて顔を赤くしていると捉えたのか、全く疑うこともなく嬉しそうに聞き返してきた。

「営業だと思われていたなんて光栄です。僕、そんなに説明が上手でしたか？」

「とっても。私も以前は広告代理店に勤めていたのでマンションのことはある程度知っていたのですが実際に目にしたのはあの時が初めてで。早川さんの説明、とてもわかりやすかったです」

「ありがとうございます。そう言ってもらえると僕も嬉しいです。でも僕もあの時常務と奥様にすっかり騙されましたよ」

「えっ？　騙された？」

私の反応に早川さんは再び顔を綻ばせて楽しそうに話し始めた。

「僕はてっきり奥様のことを新しい家政婦さんだと思っていたんです。ちょうどタキさんが辞められて……あっ、タキさんは前の家政婦さんですがご存知ですよね？」

「理人さんの、いえ主人の実家に昔からいらっしゃった家政婦さんですよね？」

前に綾瀬さんから聞いた第二のお母さんのようなあの家政婦さんだ。

「そうです。そのタキさんが辞められて困った常務が新しい家政婦さんを探していましたから、僕はてっきり奥様がそうだと思い込んでいたんです。だけどよく考えたら常務が彼女以外の若い女性を自分の部屋に入れるわけないですもんね。僕はすっかり騙されました。でも言い訳ですが常務も奥様も本当にとても演技が上手だったんです」

どうやら早川さんは私のことを綾瀬さんの彼女だと思っていたようだ。あの時の私の振舞いは誰が見ても家政婦としての振舞いだったと思うけれど、ここは話を合わせておいた方がよさそうだ。

「そんなに演技が上手でしたか？　私もあの時は早川さんにバレないように必死だったんです。理人さん、いえ主人と結婚するまでは周りには黙っておこうと約束していたので」

私はミラー越しに「嘘をついてごめんなさい」と心の中で早川さんに謝っていた。

その後は話も弾み、早川さんが二年前から綾瀬さんの運転手になって毎日送り迎えをしていることや、綾瀬さんは日々とても忙しく食事の時間も取れない日があるということなどを教えてもらった。それに私が何度も「理人さん」と言ってしまうので、

「主人と言い直さなくても大丈夫ですよ」とも言ってくれた。

「奥様と結婚されてから常務が家で朝食を摂《と》られるようになったと聞いて、僕はすごく安心したんですよ」

綾瀬さんはそんな話を早川さんにしているのだろうか。

どんな風に話しているのかとても気になってしまう。

「常務は今まで朝はこの車の中でコーヒーを飲むくらいだったんです。昼食は時間があれば摂られますが、忙しいと夜まで全く食事をされない日もあります。会食の日はまだいいのですがさすがに何も食べない日は心配なので、家に帰る途中で強引にコンビニに寄ったりもしますけど。常務は食事に関しては無頓着なんです」

「知りませんでした。お家での理人さんは何でも食べてくれていたので……。理人さん、忙しいんですね」

「今は特に忙しいですね。僕も心配になる時があります」

「もっとごはんが作れたらいいのにな」

私の小さく呟いた声が聞こえたようで、早川さんは「僕も早く常務をご自宅にお送りできるように頑張りますね」と左手で拳を作ってみせた。

「遥菜さん、お久しぶり！」

青山のサロンに到着すると、待っていたお義姉さんが私に近づいてきて両手を握ってきた。

「あっ、優子さん……いえお義姉さん、この間はありがとうございました。今日はよろしくお願いいたします。わからないことばかりなので色々と教えていただけますでしょうか」

両手を握られたまま深々と頭を下げる。

「そんなに固いこと言わなくて大丈夫よ。それに呼び方も優子さんで大丈夫。私も遥菜ちゃんと呼ばせてもらうわね。これから嫁同士仲良くしましょ！」

美人でスタイルも良く大人の女性という感じなのに飾らない笑顔がとても魅力的だ。しかも不動産業界トップの綾瀬不動産の副社長の奥さんなのに全然驕《おご》った雰囲気もなく、私とはまだ会って二回目なのにとても優しく受け入れてくれる。

なんか美里さんみたい……。

ふとスノーエージェンシーの美里さんを思い出した。

「じゃあ時間もないし先にドレスを選びましょ。理人くんからも遥菜ちゃんのことをよろしくって頼まれているからね。遥菜ちゃんはどのドレスがいいかしら？」

お店の奥には様々なパーティードレスがハンガーラックにかけられていた。今回着るようなパーティードレスもあれば、ステージドレスやウエディングドレスのようなものもある。こんなにドレスがたくさんあると目移りしてしまうし、それよりもどういうドレスを選んでいいのかがさっぱりわからない。

「優子さん、私こういうパーティーは初めてなのでわからないんです。どういうパーティードレスを選んだらいいでしょうか？」

こんなことできちんと綾瀬さんの妻が務まるのだろうか。とても心配になってくる。

「遥菜ちゃんは可愛い顔立ちをしているから私はこのVネックのオフショルダーのミニドレスとか似合うと思うんだけど、こんなのを着せたら理人くんにかなり怒られそうだしな」

真っ赤なテールカットのAラインのドレスを手に持って私とドレスを見比べている。Aラインなのでデザイン自体はエレガントだけど、こんな大胆で真っ赤なドレスは恥ずかしくて着ることができない。

「理人さんは怒らないと思いますけど私にこんな華やかなドレスはきっと似合いません。もっと違う色の露出の少ないドレスがいいです。すみません……」

両手と首を大きく振りながら絶対に着られないと拒否をする。

「そう？　遥菜ちゃんに似合うと思うんだけどな」

優子さんは他にも次々と私に似合うドレスを探してくれているようだ。私も自分が着られそうな露出の少ないドレスを手に取った。

「優子さん、これなんかどうでしょうか」

花柄のレースでふんわりとした光沢感のある生地のミモレ丈のドレスだ。色はネイビーでハイネックだし長袖で腕も隠れている。

「これは遥菜ちゃんに似合うとは思うけど今日はだめ。このドレスだと理人くんの奥さんとして目立たないでしょ。今日はもっと目立つのにしなきゃ。遥菜ちゃんが可愛いすぎて理人くんが心配になるくらいのドレスね」

そしてまた次々と展示してあるドレスを見始める。

目立つドレスって言われても……。

私は地味なドレスがいいんだけどな。

それに綾瀬さんが私を見て心配になることなんてありえないし。

「あっ、これがいい！　遥菜ちゃんこれにしよう！」

優子さんがラックの中からひとつのドレスを手に取った。淡いブルーのホルターネックのドレスだ。首回りのパール調のビジューが清楚な印象で、胸元まではシースルーになっている。透け感はあるけれど上品でエレガントなドレスだ。長さもひざ丈でふんわりとしていて可憐《かれん》な感じにも見える。

「ほんとだ。可愛い！　この色なら私にも着られそうです」

「オフショルダーのドレスよりシースルーの方が理人くんもドキドキするかもしれな

いしね」

優子さんは綾瀬さんが心配するよう画策しているみたいだけれど、私は偽物の妻なのだ。それに綾瀬さんも今日はバレないように夫婦として振舞うのが最重要課題だ。

「遥菜ちゃん、ドレスを選んだから今度は二階でヘアメイクをするわよ」

優子さんと一緒に二階に移動するとそこは美容室のようになっていて、たくさんのメイク用品が並んでいた。

「綾瀬様、お久しぶりです。お待ちしておりました。どうぞこちらにお座りください」

サロンの方が優子さんと私をセット席の椅子に案内してくれる。

「今日は義妹と一緒なの。これから私と一緒にお世話になると思うからよろしくね。新婚さんだから今日は旦那さんがさらに惚《ほ》れちゃうように仕上げてもらえるかしら？」

「まあ、義妹様だったのですね。これからどうぞよろしくお願いいたします。今日は旦那様に喜んでいただけるようとっても可愛く仕上げますね」

サロンの方がにこにこと笑顔で挨拶をしてくれる。私は真っ赤になりながら「こちらこそよろしくお願いします」と深く頭を下げた。

ヘアメイクと同時にジェルネイルまでしてもらい、先ほど選んだドレスに着替えて鏡の前に立つと自分とは思えないような女性が映っていた。

メイク、髪型、ドレス――。

この三つだけでこんなにも人間は変わるものだろうか。

いつもの野暮ったい私はどこに行ったのだろう。

髪型はゆるふわのシニヨンで少し遅れ毛を残していて、メイクは透明感のある感じだけれどそれでいて少し大人っぽい。そしてドレスは実際に着てみるとホルターネックなので両腕が出て結構大胆なドレスだった。

「遥菜ちゃん可愛すぎるわ！　初めて会ったときも可愛いと思っていたけれど今日はそのさらに上をいく可愛さね。これは絶対に理人くんが惚れ直すこと間違いないわよ。早く見せたいわ！」

喜んでいる優子さんには申し訳ないけれど、そもそも綾瀬さんは私に惚れてもいないのだ。惚れ直すことなんてありえない。だけどそれを伝えることもできず、私は曖昧に微笑んでごまかすことしかできなかった。

そんな優子さんが着ているシルバーグレーのドレスも女性らしいマーメイドのようなシルエットが印象的でとてもよく似合っている。

「優子さんもそのドレスすごく素敵です。セクシーというか大人っぽい女性というか。きっとお義兄《にい》さんもドキドキしちゃうと思います」

「ドキドキするかしら？　ああ見えて郁人さんは結構やきもち焼きなのよ。これ以上やきもちを焼かれても私は困っちゃうんだけど」

それを聞いて思わずぷっと吹き出してしまった。

あんなに穏やかそうに見えたけどお義兄さんってやきもち焼きなんだ……。

「だからきっと理人くんもやきもち焼いちゃうわよ。綾瀬家の男性ってね、女性に一途《いちず》だから。お義父《とう》さんもいまだに亡くなられたお義母《かあ》さんのことが大好きでね。いくつになってもあんな一途なところは憧れちゃうわよね」

優子さんの優しい微笑みに私もつられて笑顔になる。

「そろそろ行きましょうか。理人くんをびっくりさせてあげましょ！」

私たちは外で待っていてくれた早川さんの車に乗って会場のプレジールホテルへ向かった。やっぱり早川さんも私の変わりように驚いたのかバックミラーで何度も私の姿を確認していた。


ホテルに到着すると私は貴重品だけパーティー用の小さなバッグに入れ替えた。車を降りてショールを羽織り、小さなバッグとコートを腕にかける。優子さんと一緒にホテルの中に入ると、まず目に飛び込んできたのは大きな噴水と螺旋《らせん》状のスロープ、そしてキラキラと輝くクリスマスツリーだった。

「うわぁ、すごい……。すっごく素敵……」

通常のホテルよりもロビーがかなり広くて、丸い大きな噴水の周りを螺旋状のスロープが囲み二階のフロアまで続いている。そして吹き抜けの天井はとても開放感に溢れ、本当に息を呑《の》むほどに幻想的な空間だ。素敵すぎて言葉が出てこない。

「遥菜ちゃん、このホテルは初めて？」

「初めてです。ロビーに噴水があるとは聞いていたんですけど……」

「ここね、この噴水の上に祭壇を作って結婚式ができるそうよ。このスロープがバージンロードになるんですって。理人くんとの結婚式にどうかしら？」

　こんな素敵な場所で結婚式をするなんて女性としてはとても憧れてしまうけれど、私が綾瀬さんと結婚式を挙げることは決してない。なのに綾瀬さんが白いタキシードを着て祭壇に立つ姿や、二階からこのスロープを歩いて降りてくる姿を思い浮かべてしまう。

　綾瀬さんがここに立ったらきっと素敵だろうな。

「理人くんと遥菜ちゃんだったら一般客の人たちも見惚れちゃうでしょうね」

　優子さんの言葉にふと我に返る。

　私、勝手に何を想像してるんだろう。

　綾瀬さんと本当に結婚するなんてありえないのに……。

「遥菜ちゃん、そろそろ上にあがりましょうか」

　私はぎこちない笑顔で頷きエレベーターに乗った。

「お義父さんたちがラウンジで待っているから先に合流するわね。きっとみんな遥菜ちゃんの姿を見てびっくりするはずよ」

これから会場に向かうのかと思っていたら先に綾瀬さんたちと合流するようだ。パーティーに出席するのも緊張するけれど、これから綾瀬さんたちに会うと思うと緊張とは別のドキドキが始まり、思わず私は両手で胸元を押さえた。

「大丈夫。理人くんはさらに遥菜ちゃんに惚れちゃうから。間違いないわよ」

そんなことはありえない。ありえるはずはないんだけど。

さっきからそう何度も言われてしまうと私も少しだけ期待してしまう。

綾瀬さん、少しは私のことを可愛いと思ってくれるかな。

そう思ってくれたらいいな。

これは偽りの結婚で私は偽りの妻なのはわかっている。

でも少しだけでもいい。綾瀬さんには可愛いと思ってもらいたい。

そしたら私も今日のパーティーで少しは自分に自信が持てそうな気がする。

エレベーターの到着した音が鳴り、優子さんの後ろについて歩いていくと、綾瀬さんたちが座っているテーブル席が見えてきた。

「皆さまお待たせしました。郁人さん今日のドレスはどうかしら？」

優子さんがみんなに挨拶をしたあと、お義兄さんに少しポーズをとってみせる。

「とてもよく似合っているよ。これはみんなの視線が優子に集まりそうで心配だな」

優子さんの言っていた通り、お義兄さんはすぐに優子さんの心配を始めた。

それを聞いてふふっと笑ってしまう。

「ほらね遥菜ちゃん、言った通りでしょ」

優子さんは後ろを振り返り私に笑顔を向けた。

「それより皆さん遥菜ちゃんを見て。ほんとに可愛いの。ほら理人くん、遥菜ちゃんとっても可愛いでしょ！」

優子さんが右に寄り、その後ろに隠れていた私の姿を見せる。

「これは可愛い。本当に美人だ。亡くなった妻も可愛くて美人だったがこれは妻といい勝負だな」

「親父、何を言っているんだよ。どう見ても遥菜さんの方が可愛いだろ」

お義父さんの言葉にすかさずお義兄さんが笑いながら反論した。だけど綾瀬さんだけは何も言わず、難しいような不機嫌そうな顔をして私をじっと見つめていた。

こんな顔をされてしまうなんて――。

その姿に私はかなりのショックを受けていた。優子さんに「きっと理人くんはびっくりするわよ」と言われていたので、私もすっかりその気になっていたからだ。

そうだ。私は綾瀬さんに愛されているわけじゃなくて契約上の妻なんだから。

可愛いと思ってもらえるわけないよね。

わかっていたことなのにどうしてこんなにも胸が痛くて苦しいのだろう。

「おい理人。見惚れてないで遥菜さんに何か言ってやれよ。そんな風だとすぐに遥菜さんに愛想を尽かされるぞ。こんな可愛い遥菜さんを誰かに取られてもいいのか？」

「あ、ああ……」

綾瀬さんはどちらとも取れる返事をしたまま再び黙ってしまった。

何かひと言でも言ってくれるのか。

それとも誰かに取られてもいいと思っているのか。

答えは決まっている。後者だ。自分で出した答えに自分で傷ついてしまう。

私は気持ちを悟られないように無理やり笑顔を作ると、優子さんと一緒に椅子に座った。お義父さんとお義兄さん、優子さんの三人が楽しそうに話す中、どうしたのか綾瀬さんだけはほとんど話さず、私は綾瀬さんのことが気になって仕方がなかった。

そしてパーティー会場へ移動するため、エレベーターの前で待っていた時だった。ラウンジから出てきた綾瀬さんと同じくらいの年齢の男性が私の方へ近づいてきたのだ。その瞬間、綾瀬さんが「遥菜」と私の腕を掴み、自分の方へ引き寄せた。そのまま片手でホールドされて腕の中に閉じ込められる。綾瀬さんに「どうぞ」と促されたその男性は私を見て微笑んだあとエレベーターに乗り込んだ。

「先に行って、俺たちは後で行く」

綾瀬さんが鋭い視線と不機嫌そうな顔を向けてお義兄さんたちに声をかける。

お義兄さんは片手を上げてにやにやとした笑顔を向け、下へ降りていった。

綾瀬さんが私を腕の中に抱えたまま再び降下ボタンを押したことで、私は斜め上に視線を向けた。

「理人さん、助けてくれてありがとうございました。私が周りをよく見ていなくてすみません」

「さっきの奴がこっちを見ていなかったんだ。遥菜は悪くないよ」

綾瀬さんは初めて口元を緩めて優しい顔を見せてくれた。

その顔を見た途端、身体の力が抜け、嬉しくて目元が潤み始める。

「どうした？　大丈夫か？　何かあったのか？」

力が抜けてよろけた私を抱きとめた綾瀬さんが心配そうに私の顔を覗きこんだ。

「今日は朝から緊張しちゃって。きちんと理人さんの妻が務まるのかなって……」

違う。そうじゃない。

私はここに来た時から綾瀬さんに笑顔を見せてもらえず、拒絶されたようでずっと怖かったんだ。綾瀬さんの笑顔を見ることで私を受け入れてもらっているという確認がほしかったんだ。あの口元を緩めた優しい綾瀬さんの顔を見た瞬間、不安が一気に解消され、嬉しくて身体中が幸せでいっぱいになった。

そして私はこのとき感じてしまった。

いつの間にかこの人のことを、綾瀬さんのことを好きになっていたんだと――。

どうしよう……。私、綾瀬さんのことが好き……。

清貴からあんな裏切りを受けてもう男性を好きになるのは怖い、恋愛なんかできないと思っていたはずなのに、こんなにも早くそれもよりによって綾瀬さんを好きになってしまうなんて。

「遥菜、大変な思いをさせて悪かったな。今日は申し訳ないがよろしく頼む。緊張していると今みたいにふらついたらいけないから、会場では俺から絶対に離れるなよ」

そう言って私の右手を優しく掴む。そのまま自分の左腕にその手を絡ませた。

自分の気持ちを認識した今、ドキドキして顔が合わせられない。

「俺の腕を掴んでおいたら不安になることはないから。あとは俺が対処する。それとそのドレスだが……なかなか似合っているんじゃないか……?」

私に向けられた柔らかくて優しい眼差し。

ドレスが似合っているという言葉。

初めて触れた綾瀬さんの男らしさを感じる腕。

さっきから近くにいるたびに漂う、爽やかでほのかにスパイシーな香水の匂い。

薬指にはめられた私と同じ指輪。

全てが重なり合い、心臓が激しく暴れ出す。

私は綾瀬さんの左腕に絡ませた右手にほんの少しだけ力を入れた。

三階の会場に到着するとやっぱりかなりのイケメンだけあってか、周りにいる女性客からの視線が半端なかった。綾瀬さんはそんな視線をものともせず、私の右手をもっと自分の腕に絡ませるように位置を整えると会場の中へと進んでいった。

十八時になり、大和建設設立五十周年のパーティーが始まった。最初に大和建設の大和社長が挨拶をして来賓者が祝辞を述べた後、全員で乾杯となり招待客たちが用意されている料理やお酒を求めて一斉に動き始めた。

このまま綾瀬さんの隣にいてもいいのだろうか？

綾瀬さんからは絶対に離れるなと言われているけれど、昼間早川さんから聞いた話を思い出し、食事を重要視しない綾瀬さんの身体が心配で、少しでも何か食べてほしいと思ってしまう。だけど今日は綾瀬さんの妻としてこのパーティーに出席しているので、綾瀬さんから離れて食事を取りに行くのも憚《はばか》られる。綾瀬さんの左腕を掴んだままどうするべきか考えていると、斜め上から声が落ちてきた。

「遥菜、お腹空いただろ？　何か食べるか？」

「理人さんは食べられますか？　私何か持ってきますけど」

「俺はさっき遥菜たちが来る前に親父たちと軽く食べたから大丈夫だ。遥菜は昼から何も食べてないだろ？」

緊張している私を心配してくれているのかとても気を遣ってくれている。

綾瀬さんが既に食事を済ませていることを聞いて安心した私は小さく首を振った。

「大丈夫です。ここで何か食べてしまうともっと緊張しちゃいそうです」

綾瀬さんが気にしないように元気な笑顔を向けてみる。

二人でそんなやりとりをしていると、先ほど冒頭で挨拶をした大和社長が綾瀬さんの前に現れた。隣には秘書のようなきりっとした女性を連れている。

「綾瀬常務、こちらにいらっしゃいましたか。本日はお忙しいところご出席いただきありがとうございます。先ほど綾瀬社長から常務がご結婚されたと聞いてぜひお祝いをと……。もしかしてお隣にいらっしゃるのが奥様ですか？」

顔は微笑んでいるものの私を品定めするように上から下まで視線を動かしている。

「大和社長、本日はおめでとうございます。こちらから先にご挨拶に伺うべきところ、社長自らお越しいただきまして大変申し訳ございません。私事ではございますが結婚をいたしましてこちらが妻の遥菜です」

綾瀬さんが自然に私の肩へ手をまわした。

「はじめまして、妻の遥菜と申します。どうぞよろしくお願いいたします」

にこやかに笑顔を向けて敬意を払うよう深く頭を下げ、丁寧に挨拶をする。

きちんと妻としての役割が果たせているだろうか？

ゆっくりと顔を上げると大和社長とその隣の女性の突き刺さるような視線を感じた。

このような挨拶で良かったのかと不安になり、私は斜め上を見上げて綾瀬さんを見つめた。綾瀬さんは私を見て優しく微笑んだあと大和社長に視線を移した。

「私もやっと自分の人生をかけて幸せにしたい、守りたいと思う女性に巡り会えました。まだまだ未熟ですがこれからは妻のためにも精進を重ね、仕事に邁進《まいしん》していく所存です。これからもどうぞよろしくお願いいたします」

綾瀬さんがとても綺麗なお辞儀をして深々と頭を下げる。

こんな言葉を聞いてしまったら、これは演技だとわかっていても嬉しくて、幸せで、本当に自分に言ってもらえたようで、綾瀬さんを好きだという気持ちが溢れ出してしまう。気づいたらぽろりと涙がこぼれていた。ハッとして慌てて指で涙を拭う。

こんなところで泣いてしまうなんて。これは私に言った言葉じゃないのに。

偽物の夫婦だということがバレないための演技なのに。

私のせいでバレてしまったら……。

綾瀬さんは私の涙にも動じることなく口元で弧を描いて見つめると、頬に流れた涙を長い指で優しく拭い、再び大和社長に視線を向けた。

「すみません。妻はまだこういう場に慣れていなくて。お恥ずかしいところをお見せしました。ですが私にはこういうところも可愛くてつい守ってやりたくなります」

そんな綾瀬さんを見て大和社長は少し諦めた顔を見せた。

「こんなに可愛らしい奥様だと綾瀬常務が守りたくてベタ惚れなのもわかりますな。実は常務がまだ独身だと思っておりましたので、うちの娘はどうかなと考えて今日は一緒に連れてきていたのです」

大和社長の隣にいた女性は秘書ではなく娘さんだったようだ。娘さんは綾瀬さんと私の顔を交互に見ながら無表情のまま頭を下げた。

「そうでしたか。それは申し訳ございません。今はもう妻以外の女性には全く目に入らなくなりまして。自分でもこの変化に驚いております」

「確かにそのようですな。常務の表情がそれを物語っておられます。私としては少々残念ですがお二人の末永いご多幸をお祈りしております。それではどうぞご歓談をお楽しみください」

大和社長は会釈をするとそのまま娘さんと一緒に他のテーブルへ移動していった。

やっと二人から解放され小さく息を吐く。今のである程度の雰囲気は掴めたけれど、パーティーが終了するまでこういうやりとりが続くのだろうか。

「遥菜、今みたいに挨拶をしてくれたら大丈夫だから。あとは俺が対処する。悪いな」

柔らかく微笑んでくれてはいるものの、綾瀬さんの表情がどことなく疲れたようにも見える。こんな場所で泣いてしまったからだろうか。挨拶しかできない私にがっかりしたのだろうか。きちんと一年間は妻を務めるという契約をしたのに、役に立たない自分に嫌気がさし、自己嫌悪に陥ってしまう。

緊張ばかりして落ち込んでいたら綾瀬さんにもっと迷惑をかけちゃう。

しっかりしなきゃ。

私は気を取り直すと綾瀬さんの妻として遜色がないように最大限の努力をすることにした。大和社長が立ち去ってからも綾瀬さんの前には次々と多くの人が訪れた。さすが綾瀬不動産の常務であり御曹司だけある。誰もが知る大手建設会社の社長や、銀行の頭取、設計事務所の社長などが挨拶にきて、それぞれが一緒に連れてきた若い女性を綾瀬さんに紹介しようとした。そのたびに綾瀬さんは結婚したことを伝え、隣に立つ私を妻として紹介した。何度も紹介されるたびに私は綾瀬さんが契約結婚を提案してきたときのことを思い出していた。

『この年齢で独身ともなると最近は取引先や銀行の頭取の娘などを見合い相手として紹介されてな。よく言われる政略結婚ってやつだ。正直かなり困っているんだ。俺は結婚するつもりもないし、かといって見合いを断るのも段々と厳しくなってきてな』

こうして嘘でも結婚していなければ断るのが相当大変だっただろう。

そんな中、スノーエージェンシーで上司だった佐山部長がやってきた。

「理人君、いや綾瀬常務、先ほど郁人から常務が結婚されたと聞いて驚きましたよ。しかも相手がうちにいた桜井さんだと知ってもうびっくりで……。どこにいらっしゃるのかとずっと探しておりました」

佐山部長は本当に驚いているようで目を丸くして綾瀬さんと私を交互に見ている。

「桜井さん、うちを辞めたのはもしかして綾瀬常務と結婚する予定があったからなのかい？　それならそうと言ってくれれば……。私はてっきり実家に帰ってご両親のクリニックを手伝うのかと……」

どう返事をしていいかわからず、「すみません」と視線を下に落とす。

「佐山さん、実は僕がどうしても遥菜と離れたくなくて、実家に帰らないでほしいとお願いしたんですよ。僕のわがままなんです」

私の肩に触れ、自分の方に少し引き寄せながら佐山部長に笑顔を向ける。こんな態度を見たら佐山部長でなくても誰でも信じてしまうだろう。

「そうでしたか。そういえば常務から一度桜井さんについてご連絡をいただいたことがありましたよね？」

佐山部長は綾瀬さんの言葉をすっかり信じてしまったようだ。

「その節はお世話になりました。遥菜から会社を辞めて実家に帰ると言われ、それは僕を避けるための口実なのではと思い、佐山さんにこっそりと確認させてもらった次第です。お恥ずかしい……」

「桜井さんはうちにいたときから社内外問わずとても人気があったんですよ。だから常務も心配で離れたくない気持ちはとてもよくわかります。それにしてもこんな嬉しい再会があるとは……。あっ、そうだ。おい町田ちょっと……」

佐山部長が斜め後ろを振り返り誰かを呼んだ。

えっ？　町田？　もしかして清貴のこと？

まさか清貴もこのパーティーに来ているの？

視線を恐る恐る佐山部長の斜め後ろに移動させる。すると会いたくなかった顔が一つではなく、二つ視界に飛び込んできた。そこには清貴と一緒に華やかなショッキングピンクのパーティードレスを着た西田さんの姿もあったのだ。二人も私を見て驚いた様子で顔色を変えている。

「町田、こちらは綾瀬不動産の綾瀬常務だ。何度か仕事をさせてもらっているから挨拶はしているよな？」

「以前ご一緒に仕事をさせていただいたことがあります。ですがこうして顔を合わせてお話をするのは初めてで……」

清貴はそう答えたあと、営業らしくきりっとした顔を綾瀬さんに向けて名刺を差し出した。

「綾瀬常務、はじめまして。スノーエージェンシーの町田と申します。以前二回ほどラ・フェリーチェシリーズのマンションでご一緒に仕事をさせていただきました。覚えていらっしゃいますでしょうか」

「確かに顔は覚えているんだが……。申し訳ない。町田さんですね、綾瀬です」

綾瀬さんも清貴に自分の名刺を渡して挨拶をした。

「町田、なんと綾瀬常務がうちにいた桜井さんと結婚されたそうだ。君のアシスタントをしてくれていたあの桜井さんだよ。今日はそれを聞いて本当に驚いたよ。うちにいた時も綺麗で可愛かったが以前にも増して美しさに磨きがかかっているよな？」

本当に嬉しそうな笑顔を向けてくれる佐山部長とは対照的に、清貴は口角だけを上げて笑顔を作ると私の顔をじっと見つめた。

「桜井さんお久しぶりです。ご結婚おめでとうございます。元気でしたか？」

顔では笑顔を作っているけれど目は笑っていない。どうして私が綾瀬不動産の御曹司と結婚できたのか考えているのだろう。妻として振舞わないといけないのはわかっているけれど、正直清貴とは話もしたくない。薄っすらと笑みを浮かべて小さく頷く。

「桜井さん、町田も来年の春に結婚するそうだ。彼女は総務にいた西田さんだ。我々営業とはあまり接点がなかったけれど覚えているかな？」

　この二人結婚するんだ。

　だから西田さんをここに連れてきたんだ……。

　あれだけつらい思いをしたのに二人が結婚すると聞いても不思議とショックは全く感じなかった。ただもうこの二人とは関わりたくないという感情だけが心の中を渦巻いていく。そんな私とは対照的に西田さんは極上の笑顔を私でなく綾瀬さんに向けて挨拶を始めた。

「はじめまして綾瀬常務。スノーエージェンシーの西田香里です。桜井さんはとても人気があって私の憧れの先輩だったんです。桜井さんが結婚されたって聞いたらいつも周りにいたあの男性社員たちがショックを受けちゃうだろうな。桜井さんの笑顔に勘違いしていた社員も多かったと思うから。ふふっ」

　憧れの先輩だった？

　あんな酷いことをしておいてよく平気でこんな嘘が言えるよね。

　それに私の周りにはいつも男性社員がいたって……。

　私が男好きだとでも綾瀬さんに伝えたいわけ？

　清貴と来年の春には結婚すると言っているのに、西田さんの綾瀬さんを見つめる目は明らかに好意を持っている目だ。私に憧れていたと言いながら上目遣いで甘えたように綾瀬さんと話す姿は、挨拶ではなく自分をアピールしている姿そのものだった。

だけど綾瀬さんはその西田さんの意図を知ってか知らずか、私の肩に手を回し自分の方へ少し引き寄せて柔らかい視線を注いだあと、その視線を西田さんに向けた。

「そうですか。妻の笑顔は本当に可愛いですからね。他の男性が勘違いしたくなるのもわかる気がします。そういう私も妻の笑顔に一目惚れしたんです。ですが今は心配で仕方がないですから私以外の人にはこの妻の笑顔は見せたくないんですけどね」

私を陥れようとした狙いが外れたのか、西田さんの顔が少し引き攣《つ》っている。同じように清貴の顔も少し強張《こわば》っていた。何も気づいていない佐山部長だけがにこにこと笑顔を見せていた。

「今日は本当に嬉しいよ。桜井さんが綾瀬常務と結婚してそれも常務がこんなにも桜井さんにぞっこんだとは。桜井さん結婚おめでとう。君ならしっかりと綾瀬常務のサポートをして本当にいい奥さんになると思うよ。綾瀬常務、彼女は本当に丁寧な仕事をして責任感も強く私たちをサポートしてくれました。彼女ならきっと常務を支えて素晴らしい奥さんになると思います。どうぞ彼女のことをよろしくお願いいたします。そしてお二人の幸せを心から願っております」

「佐山さんありがとうございます。佐山さんのおっしゃる通り、本当に遥菜は私をよく支えてくれています。私も遥菜のことを人生をかけて幸せにしたいと思っています」

綾瀬さんの言葉に佐山部長は喜び、清貴は口元だけで笑顔を作り、西田さんはとても不服そうな顔をして視線をそらした。私はこの二人への復讐が偶然にもこんな形で叶《かな》ったにもかかわらず、なぜか心の中はもやもやとした気持ちのままだった。

思いがけず佐山部長たちと会ってしまったことで自分でも気づかないうちに相当力が入っていたのか、私は三人が立ち去ったあとぐったりとしてしまった。それにお昼から何も食べていないので身体がぐらりとふらついてしまう。

「大丈夫か、遥菜？」

綾瀬さんの腕がすかさず私の身体を支えてくれた。

「すみません。なんだか急に力が抜けちゃって」

「今日は昼からずっと出ているから疲れたよな。親父たちがまだいるし俺たちはそろそろ抜けてもいいだろう」

「抜けるってこのパーティーを抜けるってことですか？」

「ああ。ちょっと親父たちに話して大和社長に挨拶してくるから、少しだけここで待っていてもらえるか？」

綾瀬さんは私の肩に触れると会場の前方で歓談しているお義父さんたちの元へ向か

った。パーティーを途中で抜け出すなんて、私のせいで綾瀬さんの立場が悪くなってしまったらと思うと申し訳なくて仕方がない。綾瀬さんが戻ってきたら最後までここにいることを伝えようと私はその場で立って待っていた。

さっきまで隣にいてくれた綾瀬さんがいなくなったことで急に心許《こころもと》なく、早く戻ってきてくれないかなと視線をさまよわせてしまう。すると突然目の前にワイングラスが差し出された。

「少しお疲れのようですがよかったらワインでもいかがですか？」

「すみません、ありがとうございます……」

ワインよりは冷たいウーロン茶がいいなと思いつつも綾瀬さんの知り合いかもしれないと思い、グラスを受け取って頭を下げる。ゆっくりと顔を上げると先ほどエレベーターの前でぶつかりそうになった男性だった。

「あっ……」

私が声を発するとその男性は嬉しそうに笑顔を向けた。背が高く身体はがっしりとして一見近寄りがたい感じはするけれど、とても爽やかな笑顔の男性だ。

「もしかして僕のことを覚えてくれていましたか？　先ほどは失礼いたしました」

「こちらこそすみませんでした」

グラスを持ったまま小さな笑みを浮かべる。すると男性は驚くことを口にした。

「もしよかったらこれから一緒にラウンジで飲みませんか？」

どういうこと？

さっきエレベーターの前で綾瀬さんと一緒にいる姿を見ているはずなのに。

不信そうな顔をしてはいけないとわかっているけれど、どうしても一歩後ずさってしまう。そんな私に近づくようにその男性は一歩足を踏み出して距離を縮めた。

「エスコートされていた男性もいないようですし、一緒にいかがですか？」

やっぱり綾瀬さんのことはわかっているようだ。

「すみません。私、結婚しています。ですので申し訳ございません」

私はその男性に左手の薬指が見えるようにグラスを持ち替えた。

「結婚してるんだ。でも僕は構いませんよ。こんな可愛い女性と一緒に飲めるのなら」

怖くて早く立ち去ってほしいと願っているのに、立ち去るどころかにこにこと微笑みながら私を見つめてくる。

いったいこの人は誰なんだろう？

綾瀬さんと仕事で関わりがある人ではないのだろうか？

「失礼ですが、私の妻に何かご用ですか？」

急に横からとても冷たい声を発した綾瀬さんが現れた。自分の背中で盾を作るように、私の斜め前に立つ。綾瀬さんが戻ってきてくれたことで私は大きな背中の後ろに隠れながらほっとしていた。

「これは失礼いたしました。綾瀬常務の奥様だったのですね。はじめまして、私はFリゾートの藤田《ふじた》と申します。可愛い女性がお一人でしたのでつい声をかけてしまいました」

その男性は営業的な笑顔を作ると綾瀬さんに名刺を差し出した。

Fリゾートといえば古くなった旅館やホテルをリノベーションして新しく高級旅館や高級ホテルとして売り出している今や人気のリゾート会社だ。Fブランドの名前がつけばたちまちその施設は人気となり予約が殺到する。その人気は日本だけでなく海外にも知られていて、アジアのリゾート地を筆頭にラグジュアリーなFブランドを展開している。テレビや雑誌にもひっぱりだこだ。

この人がFリゾートの人だったなんて……。

「Fリゾートの専務さんでしたか。これは失礼いたしました。綾瀬不動産の綾瀬理人です。今後お世話になることがあるかと思いますがその際にはどうぞよろしくお願いいたします。また、今日は私の妻のお相手をしていただきありがとうございました。少し早いですが私たちはこれで失礼させていただきます」

綾瀬さんは小さく頭を下げると藤田さんの返事も聞かず、「遥菜行くぞ」と言って私の手を取り、会場をあとにした。そのまま手を引かれてロビーに降りるとエントランスの前に早川さんの車が停まっていた。

「早川、横浜のベイホテルに向かってくれ。着いたらそこで今日はもう帰って大丈夫だから。遅くまで悪いな」

「とんでもございません。横浜のベイホテルですね。かしこまりました」

早川さんはそう返事をして運転を始めた。さっきまでの華やかなパーティー会場とは打って変わって、車の中はしんと静まり返っている。車はホテルからキラキラと街灯が煌《きら》めく一般道を抜けると首都高へ入っていった。

綾瀬さんが行き先を告げたあとは二人とも一言も話さず、車内は無言のままだった。車に乗ってしばらくはこの静まり返った気まずい空気に押しつぶされそうだったけれど、そのうちパーティーの疲れもあってか瞼が重くなり始めた。なんとか寝ないように視線を窓の外に持っていくものの、暖かい車内の温度と車の振動が眠りを誘ってくる。いつの間にか頭がガクンと落ちてしまい、ハッとして目を覚ました。

「遥菜、疲れたんだろうから寝ていろ。着いたら起こすから」

「だ、大丈夫……です」

早川さんの手前、もっと夫婦らしく綾瀬さんと話さないといけないのに、やっぱりハードルが高すぎてぎこちなくなってしまう。

ちゃんとしなきゃ早川さんに疑われちゃう。

そう思いながらまた瞼が閉じてくる。

寝ちゃだめなのに……。ちゃんと起きてないと……。

「……るな、……遥菜、着いたぞ……」

遠くから私を呼ぶ声が聞こえて、肩を揺すられている。ぼうっとしながら目を開けると、すぐ近くに私の顔を覗き込む綾瀬さんの顔があった。

「きゃあっ」

かなりの近さにビクッとしながら目を覚まし、その反動でゴンっと車の天井に頭をぶつけてしまう。

「い、痛っ……」

「大丈夫か？」

顔をしかめながら頭を押さえる私の手の上に、綾瀬さんの手が重なった。

「あっ、えっと、わたし……」

寝起きのせいで頭が働かずきょろきょろと周りを見渡し、やっと状況を理解する。

「すみません……。寝てしまったみたいで……」

「そんなことは気にしなくていい。それより大丈夫か？　今激しく車に頭をぶつけていたが」

頭を押さえている自分の手の上に綾瀬さんの手のひらが重なっているのを意識した

途端、激しく心臓が動き出す。

「だ、だ、大丈夫……です」

そう答えるものの、頭に乗せた手を動かすことができない。放心状態のまま綾瀬さんを見つめていると、綾瀬さんは私の顔を見てくすりと笑った。

「大丈夫ならいい。着いたんだ。降りられるか？」

「はっ、はい。すぐ降ります」

綾瀬さんが後部座席のレバーを引きドアを少し開けると、「常務、足元にお気をつけてお降りくださいませ」と早川さんが外に立ってさらに大きくドアを開けた。綾瀬さんが降りたあと、続いて私も車から降りる。早く降りなければと気持ちばかりが焦り、車から足を出して腰を浮かせた瞬間、今度はドアの枠でゴンっとおでこをぶつけてしまった。

「痛っ……い」

左手でおでこを押さえ、痛さで俯きながら降りた私に、「奥様大丈夫ですか？」とドアの前にいた早川さんが顔を覗き込むように近づいてきた。

「遥菜、見せてみろ」

早川さんが私に触れようとした瞬間、綾瀬さんが手を伸ばして私の右腕を引き、自分の方へ引き寄せた。そして俯いている私の顔を両手で挟み、自分の方へゆっくりと向ける。両頬を挟まれたまま無防備の状態で顔を見つめられ、私は動けなくなってしまった。片手が頬から離れ、私のおでこに触れる。心配そうに優しくおでこに触れながら、何もないか確かめる。

「痛いか？　少し赤いな。大きな音だったから後で腫れるかもしれないな」

一瞬、キスでもされてしまうのかと思うくらいの至近距離で見つめられ、もう尋常ではないくらい胸の鼓動は激しく波を打っているし、視線をどこに向けていいのかわからない。

「いっ、痛くない。痛くないです。もう大丈夫です」

不意打ちに顔を覗きこまれたことで、痛みはすっかり遥か彼方《かなた》へ飛んでいってしまった。季節は冬でしかも気温はひと桁なのにとても身体が熱い。これは早川さんの前で夫婦を演じているだけで、綾瀬さんの行動には何の意味もないのに。

演技だとわかっていても胸の奥がきゅんと疼《うず》き、心臓は絶えずドクンドクンと反応している。綾瀬さんは手に持っていた私のコートを羽織らせてくれると早川さんに顔を向けた。

「早川、遅くまで悪かったな。あとは適当に帰る。お前も早く帰ってゆっくり休め」

「かしこまりました。常務、奥様、お疲れさまでした。では失礼いたします」

早川さんがビシッと立って深々と頭を下げる。

「早川さん、今日は色々とありがとうございました。気をつけて帰ってくださいね」

私も笑顔を向けながら早川さんにお礼を言った。

「僕も今日は奥様とお話ができてとても楽しかったです。では失礼いたします」

にこにこと微笑んでくれる早川さんに見送られながら、私はなぜか少し不機嫌そうな表情の綾瀬さんに連れられてベイホテルの中へ入っていった。

綾瀬さんに連れてこられたのはホテルの中にある落ち着いた雰囲気の大人のバーだった。ホテルの宿泊客なのかそれとも常連さんなのか、色気が漂うダンディーな男性やスーツ姿の外国人がスマートにグラスを持ちお酒を嗜《たしな》んでいる。

スタッフに案内されたテーブル席に座り、視線だけを動かして店内をきょろきょろと見ていると、それに気づいた綾瀬さんが口を開いた。

「遥菜、何も食べてないだろ？　この時間だと家の近くはこのバーくらいしか開いてなくてな。でもここはバーでも食事もできるから好きなものを食べたらいい」

そう言ってスタッフの方が持ってきてくれたメニューを見せてくれた。

食事をするためにここに連れてきてくれたんだ。

なんだか気を遣わせちゃったみたいだな。

「ありがとうございます。お気遣いいただいてすみません。理人さんも何か食べられますよね？」

バーに来た理由に納得して渡されたメニューを開く。

「そうだな。遥菜が選んだものを少しもらうよ。好きに選んだらいい。飲み物は何がいい？　最初はビールでいいか？」

やっぱり食にあまり興味がないのか、それとも私を気遣ってくれているのか、その表情からは読み取れないけれど一緒にメニューを見て選ぶ気はなさそうだ。私は家で自分が作れそうにないサラダを二つと、食べやすいピザとパスタを注文した。少ししてグラスにきめの細かい泡が立ち上がったビールが二つ運ばれてきた。このビジュアルを見ただけで既に美味しそうだ。

綾瀬さんはグラスを手に取って、「お疲れ」と私に向けて少しだけ上にあげると、左手で首元のネクタイを緩めて美味しそうにビールを飲み始めた。グラスを持つ骨ばった男性の手とゴクゴクと動く喉元がセクシーでとても色っぽい。目が離せなくて、かっこよくて、ずっと見ていたくて、ビールを手に持ったまままついじっと見つめてしまう。

綾瀬さんは喉が渇いていたのか一気にビールを半分以上飲んだあと、グラスをテーブルに置いた。その瞬間視線が合ってしまい、私は慌てて手に持っていた自分のビールを口につけた。

「ゴホッ、ゴホッ……」

焦って飲んでしまったせいか、炭酸が喉を刺激して思わずむせ込んでしまう。

「おい、大丈夫か？」

綾瀬さんがポケットから出したハンカチを私に差し出して心配そうに見つめた。口元を押さえてゴホゴホとむせ込みながら頭を下げて差し出されたハンカチを口に当てると、ほんのりと綾瀬さんの香水の匂いがした。その匂いにまた胸の奥がきゅんと疼いてしまう。今日はどうしてこんなにも恥ずかしい姿を見せてしまうのだろう。車に頭をぶつけ、おでこをぶつけ、ビールを飲んでむせ込んで……。綾瀬さんにはもっとかっこいい大人の女性の姿を見せたいのに。

「大丈夫です。すみません。このビール、美味しいですね」

会話だってありきたりな言葉しか出てこない。

せっかく綾瀬さんと二人でこうして外で食事ができるという幸せなチャンスが訪れたというのに、自分の不甲斐《ふがい》なさに落胆しつつ、話す話題も見つからなくてグラスを口につけたままビールを飲むふりをする。

そろそろ何か話さないと気まずい……。

そう感じているとタイミングよく料理が運ばれてきた。ズワイガニと帆立《ほたて》の貝柱、アスパラガスのシャルロット仕立てのサラダに、水ダコと彩り野菜のサラダ、マルゲリータにしらすとキャベツのペペロンチーノだ。

「うわぁ、美味しそう」

お腹が空いているせいもあってかパスタのガーリックの匂いが食欲をそそり始める。

私はそれぞれを取り皿に盛り、綾瀬さんに渡していった。

「理人さん、しっかり食べてくださいね。早川さんが心配されていましたから」

「早川が心配？　俺のことを？」

お皿を受け取りながら綾瀬さんが私の顔を見る。

「仕事が忙しすぎて食事に無頓着で終日ほとんど食べられない日もあるとか。それだと身体を壊しちゃいます。だから食事だけはきちんと摂ってくださいね」

「あ、ああ」

急に綾瀬さんの声が低くなった。

私、何か変なことを言った？

料理を取り分けながらチラリと綾瀬さんに視線を向けてハッとしてしまう。

「あっ、すみません。何も干渉しない約束なのについ……。本当にごめんなさい」

私は綾瀬さんの妻でも彼女でもない。

ただ契約上の偽りの妻なのに何の権限があってこんなことを。

余計な口出しをして怒らせてしまったのかと必死で謝る。

「別に気にしてないよ。ただ早川と……そんな話までしていたんだな」

「えっ？」

「いや、別に……。遥菜、あとは自分で取るから冷めないうちに早く食べろよ」

自分の失態に溜息をつきながら、私は一番気になっていたズワイガニと帆立の貝柱、アスパラガスのシャルロット仕立てのサラダを口に入れた。

これ美味しい！

アスパラをシャルロットという女性の帽子に見立てて洋菓子のように盛り付けた華やかなサラダだ。取り分けるときにそれは崩れてしまったけれど、ズワイガニと貝柱のカルパッチョが爽やかで、周りにあるクリーミーなソースがアスパラのシャキシャキ感を引き立てている。

これならお家でも作れるかも！

ソースは市販のクリーミーなドレッシングを使えば似たような感じになるよね？

眉間に皺を寄せてあれこれと考えていると綾瀬さんが不思議そうな顔で私を見た。

「どうした？　味でもおかしいのか？」

「いえ、美味しいのでお家でも作れるかなと思って考えていました」

「家で作る？　これを？」

「こんなに綺麗で華やかなサラダはできませんけど、似たような味で作れるかなと思っただけで……」

私の言葉に綾瀬さんがサラダを口に入れた。

「確かに旨《うま》いよな。でもこんなものを本当に家で作れるのか？」

「ズワイガニの缶詰と帆立の貝柱を使って、ソースは市販のドレッシングで代用したら似たような感じになるかなと。なんちゃって料理ですけど……」

恥ずかしさを隠すように作り笑いを浮かべてしまう。

「じゃあ今度俺がきちんと再現できているか家でチェックするよ。ちなみにこのパスタも作れるのか？」

「このしらすとキャベツのパスタですか？　多分作れると思います」

「ならこの二つな」

「えっ？」

「俺は食事に無頓着だから身体を壊さないためにも食事はきちんと摂らないといけないんだろ？　さっき遥菜がそう言ってたよな？」

「は、はい」

「じゃあ休みの日、楽しみにしておくよ」

これって……。

綾瀬さんがお休みの日の食事のリクエストをしてくれたってことだよね？

わぁ、どうしよう。すごく嬉しい！

こんなことを言われたら一生懸命抑えている気持ちが溢れ出してしまう。

これは何の他意もなくただ契約上の妻へ言っているだけなのに、勘違いしてしまいそうな自分がとても怖い。

綾瀬さんのことが好き。でも勘違いしちゃだめ。

これは契約で恋愛感情が発生したらだめなんだから……。

もしこの気持ちを知られたら綾瀬さんは私に嫌悪感を抱くかもしれない。拒絶するかもしれない。それに話が違うと言って契約を解除するかもしれない。

それが怖くてたまらない。

遥菜、絶対に知られたらだめだから。気持ちを抑えて……。

私は何度も自分にそう言い聞かせながら綾瀬さんとの夢のような時間を過ごした。

二度目の深い傷

綾瀬さんと夢のような一日を過ごしてからまたいつもの日常が戻ってきた。

こうしてキッチンに立って朝食の用意をしていると、あの日の出来事は実は夢だったのではないかと思えてきてしまう。

あのパーティーで綾瀬さんの隣に立ち、腕を組み、肩に触れられ、妻を演じたこと。不意に片手で抱きしめられたこと。

頬に触れられ、至近距離で顔を覗きこまれ、おでこを触られたこと。

そしてホテルのバーでデートのような食事を一緒にしたこと。

綾瀬さんのことを好きだと認識した今、あの幸せな時間を思い出すたびにシンデレラの魔法が解けたような何とも言えない空虚感に見舞われていた。

大和建設のパーティーに出席してから数日後、スノーエージェンシーを辞めてから全く連絡を取っていなかった美里さんから電話がかかってきた。

「美里さんお久しぶりです。お元気ですか？」

「ちょっと遥菜、お久しぶりですじゃないわよ。結婚したってどういうこと？　さっき佐山部長から聞いてもうびっくりしたんだけど」

携帯を耳にあてた途端、電話口から興奮した美里さんの声が聞こえてきた。

「すみません。実は連絡しようと思っていたんですけど色々とあって……」

「いったいどういうことなの？　それも相手はあの綾瀬不動産の常務っていうじゃない。私、絶対に佐山部長の見間違いだと思って本当に相手は遥菜だったのかって三回も確認したわよ」

「三回も確認したって……」

美里さんの迫力に驚いている佐山部長の姿が容易に想像できて笑えてくる。

「笑いごとじゃないでしょ。いったいどういうことなの？」

「実は籍を入れてからまだ日にちが経ってなくて……。結婚式もまだなんです。だから誰にもお知らせしてなくて」

「ということはやっぱり結婚したのは本当だったのね。だけどこんなに早く結婚を決めて遥菜大丈夫だったの？　あんなことがあったから私心配で……」

どうやら美里さんは私のことを心配して電話をかけてきてくれたようだ。

「大丈夫です。知り合ったのは会社を辞めたすぐあとだったんですけど、理人さんは優しいですし、町田さんと違って私の意見も尊重してくれます。それに両親も理人さんと会って誠実な人柄を気に入ってくれたみたいです」

知り合った理由も、意見を尊重してくれるところも、私の両親が綾瀬さんの誠実な人柄を気に入っているところも、他の理由があるにせよ事実は事実だ。

「ご両親も気に入ってくださったのね？　それなら良かったけど」

「ご心配をおかけしましてすみません」

「それより遥菜、あのパーティーって町田も出席していたはずだけど。もしかして見かけた？」

美里さんの声が少し曇った感じがした。美里さんも清貴があのパーティーに出席していたのは知っていたようだ。

「実は佐山部長が町田さんと西田さんを紹介してくれて。あの二人、結婚されるみたいですね」

「あちゃー。遥菜に紹介するなんて。まあ佐山部長も知らないから仕方ないけど。遥菜は大丈夫だった？　嫌な思いはしなかった？」

本当に美里さんはいい人だ。私のことを心から気遣ってくれる。

「もう大丈夫です。私も結婚しましたし」

「ほんと？　それなら安心した。ねえ遥菜、今は幸せなのね？」

「はい、幸せです。美里さん」

そう答えた途端、自然と頬が緩み、笑顔になってしまう。

この気持ちだけは嘘ではなく本当の心からの気持ちだ。綾瀬さんのそばにいられるだけで今は幸せ。それが離婚前提であっても、綾瀬さんには一生告げることのない気持ちだったとしても。

「その声なら大丈夫ね。もう遥菜が結婚したって聞いたときは本当に心配したんだからね！」

「本当にすみません」

「そう思うなら一回くらいは私にも元気な顔を見せてよね……っていっても新婚の奥様だったら夜の外出は難しいよね？」

美里さんが少し寂しそうな声を出す。

「大丈夫です。理人さんは友達と外出したかったらいつでも行っておいでと言ってくれています」

これも理由は違うけれど事実のことだ。お互い干渉しない約束なので私が外出しても綾瀬さんは心配することもない。

「できた旦那様じゃない！　それなら年が明けたら遥菜の結婚祝いをしよっか」

「ほんとですか！」

スノーエージェンシーを辞めてからほぼ誰とも会わずに過ごしてきたので、誰かと会って話をするなんて久しぶりだ。なんだか嬉しくなってくる。

「また連絡するからその時には元気な顔を見せなさいよ！」

「わかりました。楽しみにしておきます」

久しぶりに美里さんの声を聞いた私は嬉しくて気持ちが華やいでいた。

そして年末年始を迎え、新しい年が始まった。お正月は元旦だけ綾瀬さんの実家へ挨拶に行き、静岡に帰ることはせず、私は変わらず綾瀬さんと距離感を保った生活をしていた。

パーティーでの記憶も薄まりかけた頃。午後から食材の買い物に出かけて歩いて帰っていると、マンションの前になんと清貴が立っていた。一瞬こんなところに清貴がいるはずがないという自分と、どうして清貴がいるのかという自分がいて、立ち止まってその様子をじっと見つめる。

やっぱりあれは清貴だよね？

ここに誰か知っている人でもいるのだろうか。それともまさか西田さんと結婚してこのマンションにでも住むというのだろうか。顔も見たくないのでどこかで時間を潰して帰ろうとした時、清貴が不意に私の方へ顔を向け、目が合ってしまった。慌てて視線をそらし、踵《きびす》を返す。

「遥菜」

あんな酷いことをしておいて私の名前を普通に呼べるのが不思議でたまらない。もう清貴の彼女でもないのだ。私は聞こえないふりをしてそのまま歩き始めた。

「遥菜、待てよ」

後ろから走ってきた清貴が私の肩に触れた。

「なんですか？　勝手に触らないでください」

不快感を露《あら》わにしてきつく睨む。

「久しぶりに会ったのに冷たい態度だな」

「町田さんとはもう何の関係もありませんから」

「そんなこと言わずにちょっと話を聞いてくれよ」

清貴は何か話があるのか私の前から立ち去ろうとしない。

「あなたと話すことはありませんから。失礼します」

「待てよ遥菜。綾瀬常務に遥菜から仕事の口添えをしてくれないか。頼むよ」

清貴が私の腕を掴んで自分の方へ向けた。

「ちょっとやめてください。直接理人さんに話したらどうですか？」

「そんな冷たいこと言うなよ。遥菜から頼めば綾瀬常務だって無下にはできないし。それに綾瀬不動産の広告が取れたらスノーエージェンシーが喜ぶのは遥菜もよくわかっているだろ？」

もしかして清貴はそれを頼みにこのマンションへ来たのだろうか？

私に綾瀬さんへの口添えを頼むために？

平気でこんなことができる神経を疑ってしまう。

「スノーエージェンシーが喜ぶ？　清貴が、いえ町田さんが綾瀬不動産の仕事がほしいだけでしょ？　どうして私がそんな口添えをしないといけないのよ。あんな酷いことをしておいてよく私に頼めるよね？　どれだけ頼まれても絶対にしない。帰って！」

掴まれていた腕を振り払い、怒りを込めて睨みつける。すると清貴は私の態度が気に入らなかったのか本性を露わにしてきた。

「遥菜、お前綾瀬常務と結婚したからって調子に乗るなよ？　あんな短期間でどんな手を使って常務に近づいたんだ？　その顔と胸でも使って落としたのか？」

「はっ？　失礼なこと言わないで！」

「お前って外見だけで全く魅力もないし、真面目過ぎて面白くないいんだよな」

「そんなことっ……」

「抱いていても反応が薄いしよ。常務がずっと一緒にいるとでも思っているのか？　最初だけだろ。そのうち常務もお前に飽きて他の女を抱き始めるだろうよ」

どうして清貴にこんなことを言われないといけないのだろう。

あれだけ傷つけて裏切ったにもかかわらずまだ足りないのだろうか？

悔しくて、つらくて、胸の奥が痛くて、じわじわと涙が浮かび始める。

だけどここはマンションの前だ。こんなところで泣いてしまったら綾瀬さんに迷惑をかけてしまう。私は涙がこぼれそうになるのを必死で堪えながら清貴に顔を向けた。

「話はそれだけですか？　話が済んだら帰ってもらえますか？」

「お前って本当に優しさの欠片もない女だよな。こんなに頼んでいるっていうのに」

これが頼んでいる態度なの？

私が傷つかないとでも思っているのだろうか。

これ以上話をしてももっと傷つけられるだけなので、私は清貴を振り切ってマンションへ帰ろうとしたその時だった。視界に入ってきた姿に目を疑う。

なんと目の前に綾瀬さんが現れたのだ。私の方へと向かって歩いてくる。

「えっ、どうして……？」

私の驚いた顔を見て、清貴が後ろを振り返った。

「遥菜、どうした？　何かあったのか？」

綾瀬さんは私の前に立って顔を覗き込むと清貴に怪訝そうな視線を向けた。

「俺の妻に何をしているんだ？」

「綾瀬常務、スノーエージェンシーの町田です。年末の大和建設の設立パーティーではご挨拶をさせていただきありがとうございました。打ち合わせの帰りに偶然桜井さんを見かけまして、それで声をかけて話をしていたんです」

清貴は全くの嘘を営業らしい笑顔で綾瀬さんに告げた。

「そうでしたか。それは失礼しました。少し妻の様子がおかしく見えたので」

「桜井さんと以前の仕事の話で少し盛り上がってしまいまして。あっ、綾瀬常務、こんなところでお願いするのは差し出がましいのですが、今度ぜひ一度うちの広告のデザイン集を見ていただけないでしょうか？　いつでも構いませんので」

清貴の言葉を聞いて綾瀬さんが私に一度視線を向けた。

泣きそうだった顔がバレてしまうのが怖いので、視線を合わせられず伏せてしまう。

「わかりました。一度ご連絡いただきましたら時間を調整しましょう」

清貴は嬉しそうに頭を下げてお礼を言うと、「では僕はこれで失礼いたします。桜井さん、また」と言って帰っていった。

やっと清貴が目の前から消えてくれたことにほっと胸を撫で下ろす。同時にどうしてこんな時間に綾瀬さんがマンションに帰ってきたのかが気になってしまった。

「理人さん、どうしてここに？　まだお仕事中ですよね？」

さっきの清貴の言葉が深く心に突き刺さっているけれど、そんな顔は見せないように一生懸命笑ってみせる。

「ちょうどみなとみらいの物件を見て会社に帰る途中、この前を通ったら遥菜が見えたんだ。それより少し様子がおかしいように見えたんだが……。顔色もあんまりよくないようだし大丈夫か？」

心配そうに首を傾けて私の顔を覗き込む。

綾瀬さんの言った通り、少し先の道路脇に早川さんが運転する車が停まっていた。

「大丈夫です。ここで立って話をしていたから寒くて冷えたのかもしれません。理人さんはこれから会社に戻られるんですよね？　遅くなるといけないし風邪《かぜ》をひいてもいけないですから早く車に戻ってください」

「そうだな」

綾瀬さんは頷いたあと、車に戻ろうとしてもう一度私に視線を向けた。

「なあ遥菜、先ほどの男性は元同僚かもしれないが遥菜は俺の妻なんだ。外で他の男とあまり仲良くするなよ」

少し言いづらそうに拳で口元を押さえている。

「すみません。本当にすみません。これから気をつけます」

「お互い干渉はしない約束だがどこで誰に見られているかわからないし、契約期間中は恋愛はNGだしな」

「はい、わかっています。大丈夫です。本当にすみません」

綾瀬さんが車に乗り、出発したのを見届けてから、私は大きく息を吐いた。

こんなマンションの近くで清貴と話しているところを綾瀬さんに見られ、そのことで綾瀬さんに迷惑をかけてしまうなんて――。

会いたくて会っていたわけではないけれど、綾瀬さんに迷惑をかけてしまったという事実がへこんでしまうくらい気持ちを落ち込ませ、申し訳なさでいっぱいになる。そして清貴に言われた言葉が心に鋭く突き刺さったまま、頭の中で何度も繰り返されていた。

私は真面目で面白くなくて魅力のない女性――。

誰と付き合ったとしても一緒にいてくれるのは最初だけで、そのうちみんな他の女性に惹かれていく。

私は男性にとって何の魅力も感じてもらえないんだ。

実際に綾瀬さんとは契約結婚だし、私には何の魅力も感じていないはずだ。

どれだけ綾瀬さんのことを好きになったとしても、綾瀬さんは魅力のない私を好きにはならない。きっと別の女性を好きになる……。

綾瀬さんに拒絶されてしまうのが怖い。

あの優しい笑顔が他の女性に向けられると思うとつらくて堪らない。

胸が痛い。すごく痛い。

コートの上から胸のあたりをギュッと掴む。

気づかないうちに頬に涙が流れていた。

またこんなに、こんなにつらい思いをするなんて……。

私は頬の涙を手で拭うと、胸に二度目の深い傷を負いながらマンションへと帰っていった。

記憶のない朝

一月最終週の金曜日。今日は久しぶりに美里さんと会って一緒に食事をする日だ。どれだけこの日を待ちわびていたかというのに、私の心の中はつらさと悲しみでいっぱいだった。というのもあの日清貴に会って以来、私は全く自分に自信がなくなってしまったからだ。清貴に言われた言葉が自分自身を否定されたようで、心の中にこびりついていた。

綾瀬さんの前では普通に振舞っていたけれど、一人になると落ち込み、毎日そのことばかり考えていた。

いつものように朝食の準備をしていると六時過ぎに綾瀬さんが起きてきた。

「おはよう」と挨拶をして、まだ眠そうに口元を押さえてあくびをしながら顔を洗いに洗面所に向かう。そんな姿がとても愛おしくて、私は綾瀬さんの好きなホットサンドとスープ、練乳をかけたイチゴをテーブルの上に並べていった。そして綾瀬さんが朝食を食べ始めたところで、私はテーブルの上にコーヒーを置きながら話しかけた。

「理人さん、今日の夜はスノーエージェンシーの時の先輩と一緒にごはんを食べてきます。理人さんが帰られるまでには戻ってこようと思っているんですけど、もしかしたら一緒くらいの時間になるかもしれません。一応お伝えしておきますね」

綾瀬さんはもぐもぐと口を動かしてホットサンドを飲み込み、私に視線を向けた。

「久しぶりの外出だろ？　それもスノーエージェンシーで一緒に働いていた人なら積もる話もあるだろうし、俺のことは気にせずゆっくり楽しんできたらいい。そもそもお互い干渉しない約束だろ？」

「そうなんですけど……」

「まさか先輩は男性なのか？」

「ちっ、違います。女性の先輩です。ただ理人さんが帰ってきたときに電気と暖房が点《つ》いてないと申し訳ないなと思いまして」

キッチンに戻って自分のホットサンドを作り始めた私は、心苦しさを感じながら視線を伏せた。毎日朝早くから夜遅くまで働いているのに、帰ってきたときに真っ暗でおまけに部屋も寒かったら申し訳ない。エアコンのタイマー予約をして出ようかとか、電気を点けて外出しようかとも考えたけれど、ただの同居人なのにそこまでするのも気が引けてしまう。

「そんなことないよ。ずっとひとりで生活していたし、それは慣れているから」

「なるべく早く帰ってきますね」

私を気遣ってくれたのか、笑顔を向けてくれた綾瀬さんに私は申し訳なさを感じながら小さく頭を下げて微笑んだ。

「遥菜、久しぶり。元気だった？　もう会いたかったよー」

約束の時間の十分前に品川駅に到着すると、既に美里さんが改札口の前で待っていてくれた。たくさんの人が行き交う中で私をぎゅうっと抱きしめる。

「ちょっと美里さん、く、苦しいです……。お久しぶりです」

懐かしい顔を見て私も嬉しくて自然と笑みがこぼれてしまう。

「ほんとに遥菜ったら何も連絡してこないんだから！　どれだけ私が心配していたと思ってるの？」

呆れたような顔をして笑いつつもしっかりと優しさが溢れている。そして私の腕を掴んだ美里さんは駅を出てお店に向かって歩き始めた。到着したお店は一度も訪れたことのないワインバルのお店だった。

「ここは三カ月くらい前にできたお店なの。ワインの種類もたくさんあって料理もすごく美味しいの。遥菜が会社にいたらこうやって一緒に来れたのにな」

きょろきょろと店内を見渡す私に美里さんが視線を向けて訴えてくる。

「すみません……」

「冗談よ。今日は遥菜の結婚祝いだからね。私の奢《おご》りだから遠慮しないでたくさん食べてね。私はじっくりと遥菜の話を聞かせてもらうから！」

　気合いが入っているのかフフフッと不敵な笑みを浮かべる美里さん。

「遥菜、とりあえず最初はビールでいいよね？　料理は何がいい？　遥菜の好きなフルーツトマトのカプレーゼもあるよ」

「それ食べたいです。旬の野菜と蛤《はまぐり》の白ワイン蒸しも食べたいな」

「それいいね！　あとは黒トリュフのオムレツはどう？　それとステーキ三種盛！　とりあえずこれを頼んであとからまたピザかパスタを注文しよっか」

「そうですね。そうしましょ！」

　さっそく店員さんに料理を注文するとすぐに生ビールが運ばれてきた。

「じゃあ乾杯しよっ！　久しぶりに遥菜に会えたのと遥菜の結婚にかんぱーい！　遥菜、おめでとう！」

「ありがとうございます！」

　二人でグラスをカチーンと合わせてゴクゴクとビールを喉に流し込む。

「あー、美味しーい！」

　美里さんが満面の笑みでグラスを豪快にテーブルの上に置いた。

「久しぶりに遥菜と一緒に飲むビールはやっぱり美味しいね！」

「私も美里さんと飲むビールがすごく美味しいです。こんな風に夜に外出するのは久しぶりなので」

私も嬉しくて美里さんに満面の笑みを返す。

「遥菜、私は早く話が聞きたくて仕方がないの！　いきなり結婚ってどういうことよ」

美里さんはテーブルに肘をついて片手で頬を支え、私の顔をじっと覗き込んだ。

「実は会社を辞めてすぐに派遣に登録をしたんです。その派遣会社の社長が理人さんと中学の時からの友人で、広告代理店で不動産関係の仕事をしていたという私の経歴を見て理人さんを紹介してくれたんです」

「えっ？　派遣会社の社長が直々に遥菜に綾瀬さんを紹介したってこと？　仕事は？」

「仕事は理人さんのところでしていました」

「じゃあ遥菜は会社を辞めてから派遣で綾瀬不動産の仕事をしていたってこと？」

「雑用とか広告の整理とかをしていました」

綾瀬不動産の仕事ではないけれど大きな嘘は言っていない。

「そうなんだ。出逢いってどこにあるかわからないね。でも良かったじゃない。綾瀬不動産と言えば業界トップの大企業だし、しかもその御曹司だなんて……」

納得したように大きく頷いた美里さんはグラスに入っていた残りのビールを全部飲み干した。詳しいことは話せないので引き攣りそうな笑顔でごまかしてしまう。

「こんな嬉しいことはないよね。今日はお祝いだから次はワイン頼んじゃおっかな。

ねえ遥菜、赤と白どっちにする？」

美里さんが本当に嬉しそうな顔をしてニッコリと笑う。

「白がいいかな」

「じゃあたくさん飲むだろうしボトルにするね」

久しぶりに話す美里さんとの会話は全く尽きることがなく、二人でたくさん笑ってたくさん食べた。また白ワインがとても美味しくてお酒もぐいぐいと進んでしまった。

「遥菜が幸せそうで本当に安心したよ。遥菜の話を聞く限り綾瀬さんって本当にいい人そうね。町田と結婚しなくてほんとによかった」

頬が赤く染まった美里さんが手を伸ばして何度も私の頭を撫でてくれる。その優しさと清貴の名前が出たことで、私の中で先日からずっと抱えていたものが溢れ出してしまった。ぽろりぽろりと涙がこぼれ始める。

「どうしたの遥菜？　なんで泣いてるの？」

涙を流しながら両手で顔を覆う。

「まさか本当は幸せじゃないの？」

美里さんの心配する声に私は両手で顔を覆ったまま首を横に振った。

「遥菜、何があったの？　話せるなら話して？」

私は指で涙を拭うとこの間の出来事を話し始めた。

「実はこの間、清貴が……町田さんがうちのマンションに来たんです」

「はっ？ 町田が？ どうして？ 遥菜が今住んでいるマンションに？」

「理人さんに仕事の口添えをしてもらいたかったみたいでそれを断ったら……」

「全くあいつ、最低にも程があるわね！ よく遥菜にそんなことを……。それで断ったらどうしたの？ 何かされたの？」

「どんな手を使って理人さんに近づいたんだ、どうせ身体でも使って落としたんだろうって。それに私には魅力はないし真面目過ぎて面白くないから……理人さんもそのうち他の女性に惹かれていくって……」

「遥菜……」

美里さんが席を移動してぼろぼろと泣き出した私の隣に座り、ぎゅっと抱きしめてくれる。

「そんなこと言われてつらかったね。遥菜、町田の言うことは真実じゃないから。遥菜に魅力があったから派遣会社の社長だって遥菜を綾瀬さんに紹介したんだよ。それに綾瀬さんが遥菜と結婚したのだってそう。遥菜のことが好きだから、遥菜に魅力を感じたから結婚したんだから」

慰めてくれる美里さんの言葉が心に突き刺さる。

美里さん、違うんです……。

湯川社長が綾瀬さんに私を紹介したのは家政婦としてだから。

それに綾瀬さんは私が好きで結婚したんじゃない。

私に魅力を感じたからでもない。

だって、綾瀬さんとは契約結婚だから。

そこに何の感情も存在しないのだから——。

「遥菜、それで綾瀬さんにはそのことを話したの？」

「いいえ……言ってません……」

だって私は偽りの妻なのだ。私たちはただの契約上の関係であり、話したところで綾瀬さんは何も感じないし、清貴に対して怒ることもない。それにもし綾瀬さんと愛情のある結婚をしていたとしても、元彼にこんなことを言われたなんて話せるわけがない。スノーエージェンシーにも迷惑がかかってしまう。

「そっか……。やっぱり元彼のことは旦那さんには言いづらいよね……」

美里さんは私が綾瀬さんに話さない理由を言いづらいからと捉えたみたいだ。美里さんの抱きしめる腕にさらに力が入り、そして頭上から力強い声が聞こえてきた。

「ねえ遥菜、よく聞いて。はっきり言うけどね、町田と遥菜は合わないと思う。あんな無責任で自分のことしか考えないような最低な男、真面目な遥菜には相応しくない。真面目で何が悪いの？　きちんと相手のことを考えて思いやりを持って、嘘やいい加減なところがないって本当に素敵な女性じゃない。私はそういう遥菜が大好きよ。だからもう泣かないの。綾瀬さんもきっとそういう遥菜が大好きなはずだよ。遥菜と一緒に過ごしていたら絶対に気づくはずだから」

抱きしめていた腕を解き、きりっとした大きな瞳が私を見つめる。美里さんの優しさに溢れる言葉が心の中にじわじわと溶け込んでいく。

「美里さん……ありがとうございます」

「こんな可愛くていい子を逃した町田は本当に馬鹿だと思うわ。あんな最低なクズ男には私が絶対に遥菜を渡さない。西田さんあたりでちょうどいいんじゃない？　二人とも地獄に落ちればいいのにね！」

意地悪そうに微笑む美里さんにつられて私もクスッと笑みをこぼす。

「あんまり遅くなったら旦那さんが心配しちゃうから、残りのワインと料理を食べたら今日は帰ろっか」

「そうですね。まだたくさん残っているし私も食べます！」

私は鞄から携帯を出して時間を確かめるとテーブルの上に置いて料理を食べ始めた。

今日は美里さんと話ができて本当によかった……。

まだ清貴に言われた言葉は心の中に突き刺さっているけれど、ほんの少しだけ心が軽くなったのも事実だ。その反動もあってか私は口当たりのいい白ワインをグイグイと口に運んでいた。

あー……頭が痛い……。

布団の上で寝返りを打ちながら私はゆっくりと手の甲をおでこに当てた。

身体が気怠くて仕方がない。昨日ワインを飲み過ぎたせいだろうか。

瞼も開けたいのになかなか開いてくれないし、気持ちは起きているのに身体が言うことを聞いてくれない。

昨日あんなに飲むんじゃなかったな……。

えっと……今日は……。

曜日を思い出してハッとする。

ど、土曜日！　綾瀬さんの朝ごはん！

急いで布団から飛び起きるとズキーンと痛みが頭に響き、私はおでこに手を当てて顔をしかめた。

痛っ……。今、何時？

ぼやけていた視界が徐々に鮮明になり始め、時刻を確認しようとした私は目に入ってきた部屋の様子を見て呆然となった。

えっ？　こっ、ここはどこ？

ここは私の部屋じゃない。私……どこにいるの？

大きなキングサイズのベッドにお洒落なデザインデスクとノートパソコン、ガラス扉付きの木目調の本棚には何やら難しそうな建築関係や経営関係の本がずらりと並んでいる。そしてその本棚の所々にスーパーカーのフィギュアが置いてあった。誰の部屋かわからない恐怖に一気に眠気が覚める。

すぐに自分の服を確認すると全く脱いだ形跡はなく昨日の服のままだった。そのことに少しだけ安堵する。ズキズキとする頭の痛さに顔をしかめつつ急いで自分の鞄を捜すものの、この部屋の中には私の鞄は見当たらなかった
う、うそ……。十時過ぎてる……。

窓からは柔らかな陽射しが部屋の中に差し込んでいて、デスクの上の時計が十時過ぎを示していた。

私、昨日マンションに帰らなかったの？

何がどうなってこんなところにいるのかわからないけれど、美里さんの部屋でないことは確かだ。早くマンションに帰らないと綾瀬さんにもっと迷惑をかけてしまう。知らない男性がいたら怖いけれど、とりあえずこの部屋から出ないことには始まらない。私はそうっとベッドから降りて音を立てないように歩くと、こっそりとドアを開けた。

「えっ？　うそ……」

部屋のドアを開けると、なんとそこは綾瀬さんのマンションのリビングだった。

リビングのソファーの上には私の鞄となぜか毛布が置いてある。

「どうして……。えっ？　えっ？　私、綾瀬さんの部屋で寝ていたってこと？」

状況が全く理解できなくて言葉が出てこない。

えっと……。えっと……。

昨日、帰ってきてからの記憶が、いや、帰る前からのことが全く思い出せない。美里さんと一緒に品川でごはんを食べてそこからどうやって帰ってきたのか。微《かす》かに抱きしめられたような記憶は残っている。

美里さんに抱えられて帰ってきたってこと？

それで勝手に綾瀬さんの寝室に入って寝てしまったとか？

いや、いくらなんでも絶対にそれはしてない……はず……。

自分が何をしたのかわからなくて、みるみる血の気が引いていく。

私は鞄から携帯を取り出すと美里さんに電話をかけた。

しばらくコールを鳴らしても美里さんは出ない。一旦切ってもう一度かけてみようと耳から携帯を外したとき、「もしもし遥菜？」と声が聞こえた。

「美里さん、昨日はご馳走になりありがとうございました。まだ寝ていましたか？」

心臓がドキドキと音を立て、必然的に言葉が早口になってしまう。

「もう起きてるよ。それより遥菜、二日酔いになってない？」

「大丈夫です。それで昨日のことなんですけど、私、どうやって帰ったか知っていますか？　タクシーに乗って帰っていましたか？　実はあんまり覚えていなくて……」

「昨日は大変だったよ遥菜……ってそんな大変なわけじゃないけど。ふふっ。そうそう、綾瀬さんにじゅうぶんすぎるほどのタクシー代をいただいたの。お礼を言っておいてもらえる？　いらないって断ったんだけどね、妻がお世話になったから受け取ってほしいって言われて。遥菜、綾瀬さんってとってもイケメンなんだね！　私、綾瀬不動産の常務があんなに素敵だって知らなかったよ。それにね、あんなに遥菜のことを大切にしてくれているなんてほんと安心した。遥菜、いい人と結婚したね」

美里さんの言っている意味が全くわからない。

綾瀬さんがタクシー代を渡した？

「美里さん、理人さんに会ったんですか？」

「そうよ。昨日遥菜がお店で酔いつぶれて寝ちゃってね。私の家に連れて帰るにしても十二時半を過ぎていたから綾瀬さんも心配してるだろうと思ってね。それで勝手に電話を取らせてもらって、そしたら綾瀬さんから遥菜の携帯に電話がかかってきたの。それで勝手に電話を取らせてもらって、遥菜をマンションまで送っていったの。最初は綾瀬さんが品川まで迎えに行くって言ってくださったの。横浜から品川まで来てもらうのも悪いでしょ？　時間も時間だったし私が送っていったんだけど、そしたら綾瀬さんがマンションの下で待っていてくれてタクシー代まで渡してくれて……」

うっ、うそ……。

綾瀬さんがマンションの下で酔いつぶれた私を連れて帰ったってこと？

「美里さん、すみません。本当にご迷惑をおかけしました」

「いいのいいの。遥菜も町田のことで相当鬱憤が溜まっていたんだし、少しはスッキリしたのなら良かったけど。また一緒にごはんを食べにいこう。今度は遥菜が酔いつぶれる前にちゃんと家に帰すから」

「あ、ありがとうございます。また誘ってください」

「だから遥菜、昨日のことはもう絶対に気にしちゃだめだからね。町田の言うことなんて全くの嘘なんだから。遥菜は魅力がいっぱいなんだからね。昨日のあの様子なら綾瀬さんも遥菜の魅力に気づいているはずだよ」

私は美里さんと話が終わったあと、しばらくその場から動けなかった。

酔いつぶれた挙句に美里さんにここまで送ってきてもらい、二人に迷惑をかけたうえに綾瀬さんのベッドで寝て朝寝坊までするという始末。この毛布はきっと綾瀬さんがソファーで寝た証拠だ。私が綾瀬さんのベッドで寝て、ソファーに綾瀬さんを寝かせるなんて。

とにかく綾瀬さんが帰ってきたらすぐに謝らないと……。

きっと綾瀬さんは怒っているはずだ。いや、怒っているだけならまだいい。こんな大迷惑をかけたことに呆れられ、綾瀬さんに嫌われてしまう方が怖い。これ以上迷惑はかけられないと家事を始めるものの、涙は浮かんでくるし家事が一向にはかどらない。やっとひと通りのことを終えたときには十七時近くになっていた。

食欲はないけど少しだけでも何か食べておこうかな……。

そう思った時だった。玄関からガチャリとドアの開く音がして、なんと綾瀬さんが入ってきた。まだ帰ってくる時間には早いのに目の前に綾瀬さんが現れたことで、私はすぐにとても深く頭を下げた。

「昨日はすみませんでした。あんなに酔いつぶれてしまって、理人さんにまでものすごく迷惑をかけて本当にごめんなさい。それに勝手に理人さんのベッドで寝てしまって本当にすみませんでした」

嫌われてしまうのが怖くて涙が浮かんでくる。泣いて許してもらおうなんて全く思っていないし、ここで泣くのは卑怯《ひきょう》だ。だから泣かないように必死で涙を堪える。だけど、怒られて呆れられてしまうと思っていたのに、綾瀬さんから返ってきた言葉は意外なものだった。

「昨日は楽しかったんだろう？」

ゆっくりと顔を上げると目の前には優しく微笑む綾瀬さんの顔があった。その顔を見た途端、ほっとして嬉しくて涙がぽろぽろとこぼれ始める。

「どうした？　何を泣いているんだ？」

「ごっ、ごめんなさい……」

急いで手で涙を拭っていると、綾瀬さんが近付いてきて私の頭にぽんぽんと触れた。そのまま両頬に触れ、優しく親指で涙を拭ってくれる。

「スノーエージェンシーの松村さんといったか？　楽しい飲み会だったみたいだな」

目の前で見つめられる優しい顔に頷くことしかできない。嫌われるのが怖くて仕方なかったのに、この笑顔を見ると好きな気持ちが溢れ出してしまう。

「ちょっと着替えてくる。悪いんだがこれから夕飯を作ってもらえないか？」

呆然と見つめる私に綾瀬さんが再び口を開く。

「まだ昼飯も食べてなくてな。材料がないなら外に食べにいこうと思うが」

「あります。作ります。作らせてください！」

私はキッチンに移動すると急いで夕食を作り始めた。幸い明日の夕食にしようと思っていたカジキマグロがある。それをソテーにして、副菜にブロッコリーのめんつゆ漬けとほうれん草とベーコンのバター炒めを作り、レタスとフルーツトマトのサラダを添え、三十分足らずで夕食が完成した。

「理人さん、お待たせしました。ごはんができました」

着替えを終えてソファーでタブレットを見ていた綾瀬さんが顔を上げた。

「もう出来たのか？　食べてもいいか？」

「どうぞ。ビールは飲まれますか？」

「そうだな……いや、今日は昼飯食べてないし、あとにする」

「わかりました。ではお茶を用意しますね」

食事がセッティングされたダイニングテーブルに綾瀬さんが座る。私はお茶を二つテーブルの上に置くと綾瀬さんの目の前に座った。

「これ、何の魚？」

「カジキマグロです」

昨日のことを申し訳なく思いながらも、料理を食べ始めた綾瀬さんに向けて無理やり笑顔を作る。

「カジキマグロ？　なかなか旨いな」

「母がよく作っていました。淡白なお魚なのでどんなお料理にも使えるみたいです」

「そっか。遥菜のお母さんは料理が上手なんだな」

「上手かどうかはわかりませんが、『これ美味しい』なんていうと喜んでしょっちゅう夜ごはんのメニューに登場するので、迂闊《うかつ》に美味しいなんて言えません」

「ははは。なんか想像つくな」

綾瀬さんが楽しそうに笑っている。その笑顔を見ているだけで私は幸せだった。

だけどまだ昨日のことをきちんと謝っていない。私は箸を置くと綾瀬さんの顔を見つめた。

「理人さん、昨日は本当にすみませんでした。ご迷惑をおかけして申し訳ございませんでした」

きちんと姿勢を正して頭を下げる。ゆっくりと顔を上げると目の前には綾瀬さんの穏やかな顔があった。

「遥菜も色々とストレスが溜まっていたんだろう。それはもう気にしなくていいよ。ただな、お互い干渉はしないと約束をしたとはいえ、やっぱり女性が夜遅くに帰ってくるとなると俺も心配になる。だからこれからは十時を過ぎるようだったらきちんと連絡してほしい。そして電車じゃなくタクシーで帰ってくること。契約には反するがもし遥菜に何かあったとしたら俺も遥菜の両親に申し訳が立たない。だからこれは追加の約束だ」

「わかりました。すみません。これからはこんなことがないように絶対に気をつけます。それと昨日は理人さんのベッドまで使わせてもらったみたいで……。だから理人さんはソファーで寝られたんですよね？　本当にすみませんでした」

「あ、ああ、それは許可なく遥菜の部屋に入るのもどうかと思って俺が勝手にしたことだ。別に気にすることはないよ」

綾瀬さんの頬がどういうわけか赤く染まっている。

「でも今日はお仕事だったのにお布団で寝ないと疲れも取れなかったですよね？　本当にすみませんでした」

「じゃあそんなにすみませんと思うなら明日の夕飯のリクエストをしてもいいか？」

そう言って綾瀬さんがにこりと笑う。

明日の夕飯？　リクエスト？

「明日の夕飯はこの間バーで食べたパスタとサラダにしてくれないか？　ちゃんと再現出来ているか俺がチェックするから。再現出来ていたら今回遥菜が泥酔して帰ってきたことは忘れることにしよう」

顔を傾け、私の表情を窺うようにニヤっと意地悪っぽい表情を見せた。こんな笑顔を向けられたうえに夕食を作ることで何もなかったことにしてくれるなんて、私にとってはお仕置きどころかご褒美だ。もう嬉しくて嬉しくて堪らない。

綾瀬さんが好き――。

胸の奥から溢れてくる気持ちを必死で抑える。

「わかりました。頑張って再現してみますね」

私は笑顔を向けて小さく頷いた。

幸せな日曜日

穏やかな日曜日の朝。リビングの大きな窓からはガラス越しに柔らかな陽射しが入り込み、やんわりとした暖かさが心地いい。私はコーヒーを沸かしながら、いつもよりもゆっくりと朝食の準備を始めた。綾瀬さんは前日にソファーで寝たせいか、さすがに今日の朝はなかなか起きてこなかった。

やっぱりソファーでは寝られなかったんだろうな……。

はぁーと溜息をつきながら時計をチラチラと見ていると、九時を少し過ぎたころに綾瀬さんが寝室から出てきた。

「おはようございます」

「おはよう。もうこんな時間だったんだな。二度寝をしたようだ」

綾瀬さんが左手で反対の肩を押さえて回しながら顔を洗いにいったところで、私はテーブルに朝食のセッティングを始めた。今日の朝食はデニッシュパンに小さなチーズオムレツ、ソーセージとレタスとミニトマトを載せたワンプレートだ。デザートにパイナップル、そしてコーヒーを淹れてテーブルの上に置く。

綾瀬さんは残さず綺麗に完食してくれたあとシャワーを浴びるため浴室へ向かった。

その間に私は食器を洗い、そして綾瀬さんがシャワーから出てきたところで今度は洗濯機を回し始めた。そしてひと通り家事を終えたところで、ソファーで片膝を立てて寝転がってタブレットを見ている綾瀬さんに声をかけた。

「理人さん、これから夜ごはんの材料を買いに行ってきます。二、三時間くらいで帰ってきますね」

報告する義務はないけれど、昨日酔いつぶれて大失態を晒した手前、一応綾瀬さんに出かけることを告げる。

「今から買い物に行くのか？　どこまで？」

寝転がっていた綾瀬さんが起き上がってふわふわのラグの上に足を下ろした。

「今日は横浜駅まで行こうと思っています」

「電車でだよな？　横浜駅にスーパーなんかあったか？」

「デパ地下にいくつかあるんです。今日はそこで買い物しようと思います」

鞄を肩にかけながら笑顔で返事をする。

「遥菜。俺が車で連れてってやるよ。待ってろ。車の鍵取ってくる」

綾瀬さんはソファーから立ち上がるとそのまま寝室の中へと入っていった。

そしてすぐにダウンを着て、革製のお洒落な編み込みのボディバッグを肩にかけて出てきた。

「遥菜、行くぞ」

「は、はい……」

綾瀬さんが私をスーパーに連れていってくれるってこと？

不思議そうに顔を見つめる私に綾瀬さんが口を開く。

「今から買いに行く食材って俺が昨日リクエストしたものだよな？　それに今日は寒いだろ」

柔らかい笑顔を向けて玄関に移動して靴を履き始める。そしてエレベーターで一緒に地下まで降りて、私はまたあの真っ赤なフェラーリに乗ることになった。

この車で買い物に行くの？

かなり目立ってしまいそうだけど、綾瀬さんと一緒に出かけるなんて微塵《みじん》も思っていなかったので嬉しすぎて堪らない。綾瀬さんがエンジンをかけるとものすごい音が地下の駐車場に響き渡った。

「遥菜、スーパーって横浜駅じゃないとダメなのか？」

「いえ、どこでも大丈夫ですけど」

「なら少し遠出をしてもいいか？　俺もこの車を運転するのが久しぶりなんだ」

綾瀬さんはそう言うと長い足でアクセルを踏み、車を発進させた。地下の駐車場を出てみなとみらいから高速に乗り、北へと向かって軽快に車を走らせていく。窓から入ってくる陽射しが眩しいのか綾瀬さんがサングラスをかけた。

かっこいい！

どうにかその顔が見たくて一生懸命黒目を横に動かして盗み見をする。

あんまり見てるとバレちゃうかな？

あともうちょっとなのに……。

あー、目に力を入れすぎて痛くなってきた。

一旦、目をパチパチとさせて黒目を上下左右に動かしたあと、もう一度横に目を動かして綾瀬さんを見ようとトライする。

あっ、今回はいい感じ。

もう少しだけこっちに顔を向けて……。

綾瀬さん、お願い！

「遥菜」

急に名前を呼ばれ、心臓がとんでもなくドクン――と飛び跳ねた。

「今日はどうしたんだ？　何をそんなにガチガチに固まっているんだ？」

綾瀬さんがチラリと私に視線を向ける。

「あ、えっと、あの……、なっ、なんか、車が速いなぁと……」

気を抜いていたところに名前を呼ばれてしまったのでとにかく驚いてしまい、心臓がフェラーリと同じくらいの猛スピードでドクドクと動いている。

「速いと怖いか？」

「いえ、全然。大丈夫です」

小刻みに首を左右に振りながらその瞬間に今度こそと綾瀬さんの顔を盗み見した。

きゃっ。見れた！　見れた！

どうしよう。顔が、顔がにやけちゃう……。

こんな顔をしていたらまた綾瀬さんに何か言われてしまいそうだ。私はにやけている顔を悟られないように、頬に手を当てて窓の景色を見るふりをしながら、必死で口元に力を入れていた。

スーパーに到着して私が入り口で買い物かごを持つと、綾瀬さんが「遥菜、カート」と言ってショッピングカートを持ってきた。

「今日は車なんだ。重いものがあれば一緒に買っておいたらいい。米とか重いだろ？」

「ありがとうございます」

私がカートを押す斜め後ろから綾瀬さんが一緒に歩いてくる。他の人たちから見たら私たちは夫婦に見えているのだろうか。綾瀬さんと『スーパーで買い物をする』というまるで本当の夫婦のような行動にひとりで舞い上がってしまう。それに斜め後ろにいる綾瀬さんのことが気になってしまい、全く買い物に集中できない。

えっと、何を買いに来たんだっけ……？

今日の夜ごはんのメニューって……。

とにかく今日のメニューの材料だけは買っておかないと綾瀬さんがリクエストしてくれた夕食が作れなくなるので、私は先にそれらの材料を買い物かごの中に入れていった。いつもと違うスーパーなのでもっとゆっくり見て回りたいけれど、そうなるとかなり時間がかかってしまう。綾瀬さんを付き合わせてしまうのも悪くて、私は最後に果物だけ買って帰ろうとフルーツコーナーに移動した。

「スーパーの買い物って意外と楽しいものなんだな」

後ろから声が聞こえてきて、振り返ると綾瀬さんの優しい顔が目に入ってきた。

「スーパーでお買い物ってあまりされませんか？」

「記憶にあるのは子供の頃に母親と行ったことぐらいかな。それより果物を買うのならリクエストしてもいいか？　俺はキウイがいい」

「理人さんキウイが好きなんですか？」

「遥菜が朝食で出してくれるだろ。黄色っぽいやつ。あれ甘くて旨いんだよな」

綾瀬さんの言葉を聞いて、私の朝食をしっかりと見て食べてくれていたことに嬉しくなってしまう。

「ゴールデンキウイですね。他に食べたい果物はありますか？」

「あとは特に……。だが、果物はできれば甘い方がいい」

小さな子どものような答えに今度はクスッと笑みがこぼれる。

「ではマンゴーはどうですか？　多分甘くて美味しいと思います」

「じゃあマンゴーにしよう」

綾瀬さんが話しかけてくれたことで少しずつ会話が広がり、そのまま精算をして帰る予定だったのが、気づいたらスーパーの中を二人で見て回っていた。美味しそうな霜降りのお肉が特売だったので買い物かごに入れてみたり、ソーセージの試食販売のおばさんにつかまって二人で試食してみたり、魚屋の店員さんが「奥さん、可愛いから値引きするよ」と声をかけてくれて本当に値引きをしてもらったり、レジを終えて商品を袋に入れたらなんと四袋にもなってしまった。

「こんなに買うつもりじゃなかったんですけど……。すみません」

「今日は車なんだ。気にすることないよ。それよりあの魚屋の店員、遥菜が可愛いからって言ってかなり値引きしてくれたよな？」

綾瀬さんが思い出しながらフフッと笑う。

「あのハラス、すごく脂がのっているそうなのでとても美味しいと思います。来週の夜ごはんにしますね」

「ハラスの夜ごはんか。楽しみだな。それよりまたここに来たらあの店員が値引きしてくれるのかな？」

「ど、どうでしょうか……？」

「俺が後ろにいたのに他人の妻に遠慮もなく可愛いと言うのはどうかと思うが、まあハラスの感想も言わないといけないしな。また来るか？」

目尻が下がり、整った顔が柔らかくなる。

それって綾瀬さんと一緒にまた買い物ができるってこと？

瞬く間に心臓が騒ぎ始め、嬉しくて幸せでドキドキが止まらない。私はにやけてしまう顔を必死で堪えながら、笑顔で小さく頷いた。

スーパーから帰ってくると、時刻はもう夕方の四時近くになっていた。

私はキッチンに立つと買ってきた材料を小分けにして冷凍庫に入れたあと、バーで食べた蟹《かに》と帆立のサラダとしらすとキャベツのパスタを作り始めた。

夕食が出来上がり、ソファーで真剣にタブレットを見ている綾瀬さんに声をかける。

休みの日はだいたいこうしてソファーの上でタブレットを見ているけれど、どうやらあの中に仕事に関する資料が色々と入っているようだ。綾瀬さんはタブレットのカバーをパタンと閉じると、手を洗って椅子に座った。

「なかなかいい感じじゃないか。見た感じは再現できているな」

にやっと悪戯《いたずら》好きの子供のような笑みを浮かべて私を見る。

「半分は合格だな。あとは味が再現できているかどうかだな」

「頑張って同じような味に近づけてみたんですけど……」

緊張しながら綾瀬さんの顔を見つめる。

「じゃあさっそく、いただきます」

綾瀬さんはフォークを手に取り、まずはサラダの中のアスパラを口に入れた。シャルロットの形ではないけれど、真ん中に蟹と帆立のマリネを盛り、その周りにアスパラとクリーミーなドレッシングを彩りよく飾った。今日は私の大好きなフルーツトマトも切って添えている。綾瀬さんはアスパラを飲み込んだあと、次に蟹と帆立を口に入れた。無言のまま咀嚼《そしゃく》して飲み込む。いつ感想を言ってくれるのかとチラチラと窺いながら待っているのになかなか何も言ってくれない。そして今度はそのままししらすとキャベツのパスタをくるくると綺麗に巻き、口に運んだ。出来上がったときに味見をしたので似たような味には近づけたと思っているけれど、綾瀬さんの感想が気になって仕方がない。私はパスタを何度もくるくるとフォークで巻いては戻し、口に入れようとしてまたお皿に戻すという行動を繰り返していた。

何も言ってくれないってことはやっぱりだめだったのかな……。

頑張って作ったんだけどな……。

自分の中では結構お店の味に近づけたと思っていたのに再現できていなかったとい

うショックが大きくて、段々と落ち込んでしまう。

「遥菜」

綾瀬さんがフォークを置いた。口元に手を当てて難しい表情で私を見つめる。

「ごめん……。ちょっと意地悪しすぎた……」

綾瀬さんがクシャっと柔らかい顔をして笑った。

「旨い。本当に旨い。きちんと再現できているよ。すごいな遥菜！」

思考が追いついていかず、少しぼうっとしながら綾瀬さんを見る。

「ほんとですか？　再現できていましたか？　あー、よかった……。私、本当に心配だったんです。理人さん何も言ってくれないし、やっぱりだめだったのかなって」

嬉しすぎて胸がいっぱいになるものの、緊張が解けて一気に力が抜けてしまう。

「遥菜が気にしているのが可愛くて、もう少しこのまま食べ続けようかと思ったけど無理だった。ずっと心配そうにこっちを見ているんだもんな」

綾瀬さんが口元に拳を当てたまま目を細めてククッと楽しそうに笑う。

わざと何も言ってくれなかったことに文句のひとつでも言い返したいところだけれど、綾瀬さんがこんなに楽しそうに笑ってくれるのが嬉しくて、私も一緒に微笑んでしまう。それに、『遥菜が気にしているのが可愛くて』という言葉が幸せすぎて宝物にしたいくらいだった。きっと言葉のあやでそう言ったのだろうけれど、綾瀬さんに可愛いと言われたことが最高に嬉しかった。

「こんなに料理が上手いと遥菜と……」

「えっ？」

「いや、本当にちゃんと再現できてるよ。このサラダも美味しいしパスタは本当に旨い。俺はこのペペロンチーノすごく好きだよ。遥菜は本当に料理が上手だな」

「ありがとうございます」

「来週はハラスの夕飯か。また楽しみだな」

綾瀬さんの言葉に、私は幸せな笑顔で頷いた。

抱きしめた夜 ―理人―

「理人さん、今日の夜はスノーエージェンシーの時の先輩と一緒にごはんを食べてきます。理人さんが帰られるまでには戻ってこようと思っているんですけど、もしかしたら一緒くらいの時間になるかもしれません。一応お伝えしておきますね」

金曜日の朝、俺が顔を洗って椅子に座ると遥菜が俺の前にコーヒーを置きながらそんなことを口にした。既にテーブルの上には朝食が用意されていて、今日のメニューは俺の好きなホットサンドのようだ。

遥菜と契約結婚をして早くも三カ月が経過し、最初はこうして朝食を用意されることに多少戸惑っていたけれど、最近ではこの朝の時間が楽しみになっていた。

特にこのホットサンドは外のパンがカリカリで具材は日によって違っている。今日のハムチーズとトマトのやつにはもうひとつ小さなもやしのようなものが入っていてこれが結構旨い。

遥菜に聞いたらアルファルファというスプラウトの一種だと教えてくれたが、そんな名前の野菜が存在することすら知らなかった。俺は四つに切られたホットサンドをまずはひとつ口に入れて味わったあと返事をした。

「久しぶりの外出だろ？　それもスノーエージェンシーで一緒に働いていた人なら積もる話もあるだろうし、俺のことは気にせずゆっくり楽しんできたらいい。そもそもお互い干渉しない約束だろ？」

「そうなんですけど……」

「まさか先輩は男性なのか？」

「ちっ、違います。女性の先輩です。ただ理人さんが帰ってきたときに電気と暖房が点いてないと申し訳ないなと思いまして」

相手が男ではないと聞いてとりあえず安心したものの、遥菜はキッチンに立って申し訳なさそうに視線を伏せている。

そんなことを心配していたのか。

全く遥菜らしいな……。

俺との距離感をしっかり守りつつも、こうしてさりげなく気遣ってくれることに自然と笑みがこぼれてくる。

「そんなことないよ。ずっとひとりで生活していたし、それは慣れているから」

遥菜が気にしないように笑顔を向けると、「ありがとうございます。なるべく早く帰ってきますね」と小さく頭を下げて微笑み返してきた。

朝にそんなやりとりがあったことをすっかり忘れていた俺はいつも通り家に帰り、

玄関のドアを開けた。すると部屋の中は真っ暗で暖房も点いてなく、いつもとは違う冷たくて寒い空気が身体に感じられた。

今日はどうしたんだ？

そこで初めて俺は遥菜が朝に言っていたことを思い出した。

そういえば今日はスノーエージェンシーの先輩と食事に行くと言っていたよな。

リビングに入り、すぐに部屋の電気と暖房を点ける。部屋の中は明るくなったものの、どういうわけかどことなく寂しい。

遥菜が「帰ってきたときに電気と暖房が点いてないと申し訳ない」と言ったときには何とも思わなかったが、実際にこうして電気の点いていない部屋に帰るとこんなに寂しいものなのかと俺は改めて実感した。

少し前まではこれが当たり前だったのに慣れって怖いよな。

自嘲するように口元を緩めてスーツを脱ぎ、俺はシャワーを浴びるため浴室へ向かった。再びリビングに戻ってきても遥菜はまだ帰ってきていなかった。

時刻は二十三時四十分。もうすぐ午前零時だ。

終電はまだあるし最寄り駅からこのマンションは近いにしてもこんな時間だ。しかも今は一月の終わり。気温がマイナスに近い中で女性が一人で夜道を歩くのは少し心配でもある。

干渉しないとは言ったが遅くなるときはタクシーで帰ってくるように言っておかないとな……。

寝室に行こうかとも考えたが、念のため遥菜が帰ってきたのを確認してから寝ようと、俺はソファーに横たわりテレビをつけた。だが、午前零時を過ぎても遥菜は帰ってこない。

明日は土曜日だし休み前だから話が盛り上がっているのか？

それなら問題ないが最近はかなり物騒だ。もし帰りに誰かに襲われでもしたらと思うと不安になる。俺は心配になり携帯を手に取った。遥菜の電話番号を表示させ、発信ボタンをタップしようとして寸前で指を止める。

そうだ、俺が気にせずに楽しんでこいって言ったんだ。

それにお互い干渉しない約束だしな……。

そう思い直すものの、時計を確認すると時間は既に零時二十分を示していた。さすがにこの時間に帰ってこないとなると心配だ。それに相手は女性だと言っていたけれど本当はこの間の男と一緒なのだろうか。

こんな時間まで帰ってこないことが心配で、実は俺に嘘をついて外出したのではないかと色々勘ぐってしまう。

そして俺は一週間ほど前の出来事を思い出していた。

あの日はみなとみらいの空き地にオフィスビル計画がありその場所の確認にきた帰りだった。マンションの前で遥菜が男と話しているのを見かけたのだ。いつもとは違う遥菜の様子に俺はすぐに早川に車を停めさせて急いで遥菜の元へ向かった。

「遥菜、どうした？　何かあったのか？」

その時遥菜は確かに目に涙を溜めていた。その様子が気になり、今度は相手の男の方へ顔を向ける。

「俺の妻に何をしているんだ？」

その男は年末にパーティーで話をしたスノーエージェンシーの町田という男だった。

「綾瀬常務、スノーエージェンシーの町田です。年末の大和建設の設立パーティーではご挨拶をさせていただきありがとうございました。打ち合わせの帰りに偶然桜井さんを見かけまして、それで声をかけて話をしていたんです」

本当にそれだけなのだろうか？

遥菜の様子がおかしいのは確かだ。俺はそれを確かめるために冷静を装いながらも冷たい口調で言葉を吐いた。

「そうでしたか。それは失礼しました。少し妻の様子がおかしく見えたので」

勘ぐるように男の顔を見つめる。するとその男は完璧な笑顔を俺に向けてきた。

「桜井さんと以前の仕事の話で少し盛り上がってしまいまして。あっ、綾瀬常務、こんなところでお願いするのは差し出がましいのですが、今度ぜひ一度うちの広告のデザイン集を見ていただけないでしょうか？　いつでも構いませんので」

胡散臭《うさん》い笑顔に疑いつつも俺はこれ以上問いただすこともできず、もう一度遥菜の顔を見た。俯いているがやっぱり泣きそうな顔をしているように見える。

「わかりました。一度ご連絡いただきましたら時間を調整しましょう」

俺がそう答えるとその男は嬉しそうに帰っていった。

その後、どうしたのかと心配になり遥菜に聞いてみたけれど、ここで立って話をしていたから寒くて冷えたのだと遥菜は笑顔で答えていた。

俺はどうしてか遥菜が他の男と話していたのが面白くなく、「遥菜は俺の妻なんだ。外で他の男とあまり仲良くするなよ」と遥菜に言ったのだが――。

こうして帰ってこないところを見ると、あの泣きそうな顔をしていたのは俺と契約結婚をしてしまった後悔の涙で、もしかしたらあの男のところへ行っているのかもしれないとも思えてくる。

だが俺は零時三十分になった時点でどうしても我慢しきれなくなり、遥菜に電話をかけた。コール音は聞こえてくるけれど遥菜は出ない。八コール目、九コール目、十……と数えているとやっと声が聞こえた。

「もしもし遥菜？　今どこにいるんだ？」

心配からか少し口調が強くなってしまう。だけど次に聞こえてきた言葉は全く予想もしないものだった。

「私、スノーエージェンシーで遥菜さんと一緒に働いていました松村美里と申します。もっと早くご連絡をさせていただきたかったのですが綾瀬さんの連絡先がわからなくて、勝手に遥菜さんの携帯に出てしまいました。遥菜さんですが私が少し飲ませ過ぎてしまったようで眠ってしまいまして……。本当に申し訳ございません。今からそちらに送っていきたいのでご住所を教えていただけないでしょうか？」

遥菜ではない声に驚いたものの、本当に女性の先輩と一緒に食事に行っていたことで安堵した俺は彼女にお礼を言った。

「ご迷惑をおかけしましてすみません。私が遥菜を迎えに行きますので今いらっしゃる場所を教えていただけますか？」

「実は品川なんです。ご主人にお迎えにきていただくより私が送っていった方が早いと思いますので」

彼女の言葉に俺はマンションの住所を伝えると電話を切った。品川からここまでは車で約一時間くらいだ。遥菜を待つ間、テレビでも見ておこうととりあえずソファーに座るが、時計ばかり気になり全く落ち着かない。俺は一時を過ぎたところでマンションの下に降り、エントランスのソファーで遥菜が帰ってくるのを待つことにした。

しばらくしてマンションの前に車のライトが光りハザードランプが点滅したので、すぐにマンションの外に出る。

深夜一時半過ぎ。気温はかなり下がっていてマンションを出た途端、身体がぶるっと震えた。車から遥菜を肩に抱えた女性が降りてくる。俺はすかさずその女性からぐったりとした遥菜を抱きとめた。

「綾瀬さんですか？　私、先ほどお電話でお話ししましたスノーエージェンシーの松村美里です。こんなに遅くまで遥菜さんを付き合わせてしまい、本当に申し訳ございません」

遥菜が先輩と言っていたその女性はとても深く俺に頭を下げた

「こちらこそご迷惑をおかけしまして申し訳ございません。こんな時間にしかも遠いのにわざわざ送っていただきましてありがとうございます。これはタクシー代です。足りないかもしれませんが受け取ってください」

俺は事前に用意しておいた封筒を彼女に渡した。彼女がどこに住んでいるかわからないが、ここからまた都内に帰るとしたら一万円以上はかかる。品川からも同じくらいかかっているだろうからと考え、三万円ほど入れて用意をしていた。

「お金なんていただけません。私が遥菜さんを誘ったんです。久しぶりに遥菜さんの幸せそうな笑顔を見て、今は本当に幸せなんだなと思ったら私も嬉しくてつい話が弾んでしまって……」

その女性が嬉しそうに微笑む。

「遥菜が楽しかったのなら良かったです。本当にありがとうございます。また誘ってやってください。ですので今日のタクシー代は受け取ってください」

そう言って彼女にお礼を言ったあと、遥菜の顔を見た。

んっ？　泣いたのか……？

目を瞑っているので街灯の光だけではっきりとはわからないが、どういうわけか泣いたように目元が赤く腫れているような気がする。俺が不思議そうに遥菜の顔を覗き込んでいると、それに気づいた彼女が言いづらそうに口を開いた。

「それは違うんです。結婚生活の不満とかそんなことは一切ありませんので安心してください。実は少し前にちょっと嫌なことがあったらしくて……。昔遥菜に酷いことをした人がいたのですが、今回もまた酷いことを言われたみたいで……」

「酷いことを言われた……？」

瞬時に自分の顔が険しくなったのがわかる。

「あっ、すみません。こんなことを綾瀬さんに言うつもりはなかったんですけど……。でもほんとに酷くて嫌な奴だから私も腹が立ってつい……。だけど今の遥菜は本当に幸せみたいで私は安心しました。綾瀬さんはもう既にご存知だと思いますが、遥菜は本当にいい子なんです。私が言うことではないんですけど、どうか遥菜のことをよろしくお願いします。遅くまで本当にすみませんでした。それにタクシー代もありがとうございました。それでは失礼いたします」

そう言うと彼女は待たせていたタクシーに乗って帰っていった。

彼女の車を見送り、俺はぐったりとした遥菜を抱きかかえると家の中に連れて帰った。そのまま遥菜の部屋のドアを開けようとしてその場で躊躇する。

勝手に遥菜の部屋の中に入っても大丈夫だろうか。

遥菜がここに住み始めてからは一度もこの部屋の中に入ったことはない。自分のマンションの部屋とはいえ、今は遥菜が使っている部屋だ。

一応女性の部屋だしな。

俺に見られたくないものとか置いているかもしれないし……。

そう思いドアノブから手を離した。

いや違う、これは単なる口実だ。

こんな状態の遥菜をひとりで寝かせるのが心配だった。

いや、それも違う。

俺はどうしても自分のそばに遥菜を置いておきたかった。

俺は遥菜の部屋に入ることはせず、自分の寝室へ遥菜を連れていった。

一旦ベッドの上に座らせたあと、倒れないように片手で支えながら掛け布団をめくり寝かせようとした時、遥菜が突然目を覚ました。この状態で俺のベッドに遥菜を寝かせようとしていたら、きっと遥菜は俺が何かすると勘違いしてしまう。俺は慌ててその場を取り繕った。

「あっ、いや、遥菜の部屋に勝手に入っていいかわからなくてな。だからここに連れてきたんだ……」

遥菜はぼうっとして俺に視線を向けたまま、何も話さない。

「遥菜、大丈夫か？　水でも飲むか？」

遥菜の様子を窺っていると遥菜がぽつりと言葉を発した。

「私って……ないですか……？」

「んっ？　なんだ？」

俺は同じ目線になるように少し姿勢を低くして遥菜の顔を覗き込んだ。

「私って……そんなに魅力……ないですか……？」

「魅力がない？」

「男の人から見たら……そんなに、そんなに……魅力がないですか……？」

じわじわと遥菜の瞳に涙が浮かんでくる。

「どうしたんだ、遥菜？　誰かにそう言われたのか？」

「私には魅力ないって……顔だけだって……抱いていても反応が薄いって……」

真っ直ぐに俺を見つめながら必死で訴える。

「誰に、誰にそんなことを言われたんだ？」

「真面目過ぎて面白くないって……。男の人はみんな私じゃなくて他の女の人に惹かれていくって……。みんな他の女の人を抱くって……」

ついに遥菜はぼとぼとと涙を落としながら泣き始めた。

「私が……私が好きになっても……いつかみんな私を好きじゃなくなる……」

「遥菜……」

気づいたら俺は遥菜をきつく抱きしめていた。

腕の中で身体を震わせながら泣きじゃくる声が聞こえる。お酒の匂いとともに遥菜から甘い香りがして身体がゾクッと反応した。

俺は遥菜の頭に優しく触れながら話しかけた。

「遥菜、遥菜には魅力がたくさんある。これは嘘じゃない。本当だ。遥菜の魅力に気づいてない奴がそんな馬鹿なことを言うんだ。遥菜の優しさや真面目で一生懸命なところ、いつも笑顔でいてくれるところに俺は毎日元気をもらっている。そんな遥菜の魅力が俺に毎日元気をくれているんだ。だからもう泣かなくていい。そんなことは今日で全て忘れるんだ。遥菜の魅力は俺がわかっているから」

遥菜を抱きしめる腕に自然と力が入る。

いったい誰が遥菜をこんな風にしたのだろう。

なんとも言えない怒りの感情が身体の奥から湧き上がってきた。

今までこんなに泣きじゃくる遥菜の姿を見たことがなかった。俺の前ではいつも気を遣い、距離を取り、どんなことがあってもいつも笑顔だった。遥菜の両親に結婚の挨拶に行ったときでさえ、何度か涙を流してはいたが、それでもつらい顔は見せずに俺に笑顔を向けていた。

なのにどうして——。

そういえば先ほど遥菜の先輩が妙なことを言っていた。

『実は少し前にちょっと嫌なことがあったらしくて。昔遥菜に酷いことをした人がいたのですが、今回もまた酷いことを言われたみたいで……。ほんとに酷くて嫌な奴だから……』

少し前と言えばやっぱりあの時なのだろうか。

遥菜がスノーエージェンシーの同僚だった男と話をしていたときだ。様子がおかしかったのは、あいつが遥菜に酷いことを言ったからなのだろうか。

しばらく抱きしめたまま頭を撫でていると、遥菜は泣き疲れたのか俺の腕の中で眠ってしまった。起こさないようにゆっくりとベッドの上に寝かせる。

可愛い顔で眠ってはいるものの、涙の跡が痛々しくて俺はそっと遥菜の頬に残っている涙を指で拭った。そのまま頭を撫でるように髪の毛に触れる。
俺は眠っている遥菜の顔を見つめながら遥菜と出会った時のことを思い返していた。

次巻　宝島社文庫『偽りの愛の向こう側　そして、二人の選択』へ続く

Special

クリスマスツリーの誕生日ケーキ

夢のようなパーティーが終わり、美里さんから連絡をもらって数日後の日曜日。

「今日で二十九歳か……」

朝食の準備をしながらひとりごとを呟いた私は思わず小さな溜息をついた。

今日、十二月二十四日はクリスマスイブと同時に私の二十九回目の誕生日でもある。

昨年の今頃はまさか自分が一年後にこんな生活をしているとは思ってもみなかった。

というのも、昨年のクリスマスに清貴が一日遅れの誕生日を祝ってくれたあと、私にプロポーズをしてくれたからだ。あの時は本当に嬉しくて涙を流して返事をしたのを覚えている。本来なら私は清貴と結婚していたはずなのに、それが清貴と別れて会社も辞め、綾瀬さんと契約結婚をして偽りの妻として過ごしているなんて。

誰がこんな未来を想像しただろう。この一年に起こった数々の出来事を思い返していると、寝室のドアが開き綾瀬さんが起きてきた。

「おはようございます」

顔を見ただけで好きだという気持ちが溢れ出しそうになり、表情に出さないように口元に力を入れてぐっと堪える。まだ眠そうな顔で「おはよう」と返事をしてくれた寝起きの低い声にときめいてしまった私は、急いでテーブルに朝食を並べていった。

朝食を終えて洗い物を済ませて出かける準備をしていると、ソファーに座って携帯をチェックしていた綾瀬さんが珍しく私に声をかけてきた。

「遥菜、これからどこかへ出かけるのか？」

綾瀬さんと一緒に生活を始めてからこんなことを聞かれるのは初めてだったので、私は即座に反応することができず、そのまま綾瀬さんの顔をじっと見つめてしまった。

「あっ、いや……休みの日に出かけるのは珍しいなと思っただけで……。干渉しない約束なのに申し訳ない」

気まずそうに顔を曇らせた綾瀬さんが一度視線を外したあと再び私を見た。

休みの日はいつも家で過ごしている私が朝から出かける準備をしていたので、どうしてなのか気になったのだろう。

「今日は美容院の予約を入れていて……。お昼過ぎには戻ってきます」

「そうだったのか。じゃあ気をつけて」

「ありがとうございます」

綾瀬さんとそんな会話を交わしたあとマンションから出た私はそこで大きく息を吐いた。

「あー、びっくりした……」

まさか綾瀬さんに声をかけられるとは思っていなかったので、美容院の予約を入れておいて本当によかった。

私がわざわざ休みの日に美容院の予約を入れたのには理由がある。

それは綾瀬さんと一緒に私の誕生日を過ごす準備のためだ。

先日のパーティーのあと、綾瀬さんとホテルのバーでデートのような食事をしたあの夢のような時間が忘れられなくて、一度でいいから綾瀬さんと一緒に誕生日を過ごしてみたいという夢を描いてしまった。

でも私の気持ちがバレてしまったらこの契約結婚は解消されてしまうし、それに忙しい綾瀬さんとそんな時間を過ごせることは絶対に無いので諦めていた。叶わない現実に落ち込みながらカレンダーを見ていたら、なんと今年は二十四日が日曜日だということに気づいたのだ。

この間の食事のお礼という口実で少し豪華な夕食を作ってみたらどうかな？

そしたら綾瀬さんと一緒に誕生日を過ごすことができるかもしれない！

その口実を思いついたときには飛び上がるほど嬉しくて、私は時間を見つけてはどんな料理を作ろうかと携帯で何度もレシピを検索した。

クリスマスイブだから少し洋風なメニューにしようかな。

食事のあとは綾瀬さんと一緒にケーキも食べたいな。

そして悩んだ末に真鯛《まだい》のポワレとラタトゥイユ、そしてきのこのリゾットとキャロットラペを作ることに決めたのだ。最初はもっと華やかに牛肉の赤ワイン煮込みとクリスマスリースのサラダ、そしてマッシュルームのシチューパイを作ろうかと考えていたのだけれど、あまりクリスマスな雰囲気を出して私の気持ちを悟られてはいけないし、距離感を保つためにも通常の夕食としてもあり得そうなメニューにした。

夕食の材料は昨日買い物に行って全て準備をしている。だけどケーキだけはどうしても当日に購入しないといけないので、その理由を作るために美容院の予約を入れたというわけだ。それに今日という特別な日は少しだけでも綺麗な姿で綾瀬さんの前で過ごしたい。

前に住んでいたマンションの近くにある行きつけの美容院で髪を整えてもらい、ケーキを買うために横浜駅に向かうと、構内はいつも以上に多くの人でごった返していた。クリスマスイブというだけあって、チキンやケーキの箱を持った人たちや幸せそうなカップルが仲良く手を繋いで歩いている。私はすれ違う人たちを避けながらデパ地下でケーキを購入すると、急いでマンションへと帰っていった。

クリスマス直前でケーキが予約できなかったということもあり、買うのにかなり時間がかかってしまい、当初の予定より遅くなってしまった。自分の部屋でコートと鞄を置き、「戻りました」と小さく声をかけてリビングの扉を開けると、ソファーに座ってタブレットを見ていた綾瀬さんが「ああ」と一瞬だけ私に視線を向けた。いつもは寝転んでタブレットを見ていることが多いのに今日は珍しく座っている。少し不思議に思ったものの、私は急いでケーキを冷蔵庫の中に入れた。幸いにも綾瀬さんは気づいていないようだ。

ほっと胸を撫で下ろした私はさっそく夕食の準備を始めた。

最初に鯛のポワレに添えるラタトゥイユと副菜のキャロットラペから作り始め、ある程度料理が出来上がったところで綾瀬さんに声をかけてみた。メインがポワレとリゾットなので、できるなら熱々の出来立てを食べてほしいからだ。

「理人さん、あと三十分くらいで夜ごはんができるのですが、準備をしても大丈夫ですか？」

「ああ、ありがとう」

なんとなく綾瀬さんの様子が朝よりも素っ気ない感じがするのは気のせいなのだろうか。いつもはもう少し声のトーンが明るい感じなのに今日は低い気がする。

もしかして干渉しない約束のことをまだ気にしているとか？

私は全く気にしていないんだけどな。

だからと言って今さら伝えることもできず、私は料理の仕上げに取りかかることにした。お皿に彩りよく盛りつけてテーブルの上に並べていく。

「理人さん、夜ごはんができました。ビールは飲まれますか？」

「そうだな。じゃあ手を洗ってくる」

ソファーから立ち上がったテンションの低い綾瀬さんを目で追いながら、私は冷蔵庫からビールを出してグラスをテーブルの上に置いた。

「今日はなんか今までとは違う夕食だな」

手を洗って自分の席に座ろうとした綾瀬さんがテーブルの上の料理を見て少し驚いたような表情を見せた。ごはんとお味噌汁に他の料理が並ぶ夕食ではなく、洋皿にきのこのリゾットや真鯛のポワレ、そしてナイフとフォークが置いてあるのでいつもとは違う雰囲気に気づいたようだ。

「この間のパーティーの帰りにお食事に連れていっていただいたお礼と、今日はクリスマスイブなので洋風にしてみました」

怪しまれないように「お礼」という言葉を強調してみたけれど、何か言われたらどうしようかと心臓がドクンドクンと音を立てる。

「お礼って……あれはパーティーで遥菜は何も食べられなかったし、俺の予定で遥菜に迷惑もかけただろ？」

「迷惑じゃないです。あのパーティーはこの結婚をするときの約束でしたから。それより和食の方がよかったですか？」

「そんなことはない。そうか、今日はクリスマスイブか……」

今日がクリスマスイブだと忘れていたのか綾瀬さんは一瞬何か考えるような表情を

見せたあと、特に嫌な顔をすることなく普通に座ってくれたので、私も自分の席に座った。さっそくプシュッと缶ビールを開けた綾瀬さんが私のビールグラスを探す。

「んっ？　遥菜のグラスは？」

「私はお茶にしようかと……」

「どうして？　飲めない理由でも？」

「そういうわけじゃなくてお茶でもいいかなと……」

さすがにビールまで一緒に乾杯する勇気はなくて私はお茶を用意していたのだけれど、綾瀬さんは立ち上がるともうひとつグラスを持ってきて私に差し出した。

「体調が悪いとかじゃないなら遥菜も飲んだら？　この間のお礼で作ってくれたのならビールも一緒の方がいいだろ？」

「ありがとう……ございます」

手に持ったグラスに綾瀬さんがビールを注いでくれる。私も缶ビールを受け取って綾瀬さんのグラスにビールを注いだ。

「じゃあ先に乾杯するか」

綾瀬さんがグラスを前に出して近づけてきたので、私は恥ずかしさで顔が熱くなるのを感じながら手に持っていたグラスを綾瀬さんのグラスに重ねてカチンと小さな音を鳴らした。

まさか綾瀬さんとこうして乾杯までできるなんて――。

もう嬉しすぎて顔がにやけてしまい、グラスを口につけているけれど全くビールが喉を通っていかない。綾瀬さんがグラスを置いて食事を始めたので、私もにやけないように顔に力を入れ、ナイフとフォークをぎゅっと握ってさっそく鯛のポワレを口に入れた。何度もレシピを見て作り方を覚えたせいか皮目はパリパリに焼けて身はふっくらと仕上がり、淡泊な鯛がしっかりと焼いて野菜の甘味を出したラタトゥイユとよく合っている。リゾットも初めて生米から作ってみたけれど、きのことベーコンとチーズの旨味がしっかりと出ていて予想以上に美味しく出来たようだ。我ながら料理の出来栄えに安堵していると綾瀬さんからの視線を感じて私は顔を上げた。

「もしかしてお口に合わなかったですか？」

やっぱり初めて作った料理だからあまり美味しくなかったのだろうか。

自分なりには上手く出来たと思っていたけど、満足していた気持ちが一気に消え、瞬く間に不安が広がっていく。

「美味しいよ。どれも全部旨い」

そう言ってにっこりと微笑んではいるものの、どことなく綾瀬さんの様子がやっぱりおかしい。私が不安そうな顔をしてしまったからか、綾瀬さんが再び申し訳なさそうな表情を見せた。

「本当に料理はどれも美味しいよ。いや、実は女性の美容院は大変なんだなと思ってな。朝から夕方までかかるとは男の俺たちとは全然違うんだなと思っただけで……」

なんだ。それでこっちを見ていたんだ……。

お昼過ぎには戻る予定が夕方に帰ってきたから綾瀬さんは私がずっと美容院にいたと思い込んでいるようだ。それに今日はクリスマスイブということで気を利かせてくれた美容師さんが、髪を巻いてくれたうえに両サイドを三つ編みにしてハーフアップにしてくれている。

「実は美容院は早く終わったんですけど、美味しそうなケーキがたくさん売っていたので買っていたら遅くなってしまったんです」

綾瀬さんが「ケーキ？」と不思議そうな顔をして首を傾げた。

「クリスマスイブだからほんとにたくさんのケーキが売られていて……。食事のあとでコーヒーを淹れようと思うのですが、理人さんもケーキを食べられませんか？」

「ああ……ありがとう」

いらないと断られるかと思っていたけれどケーキも食べてくれると答えてくれたので、またしても嬉しい気持ちでいっぱいになってしまった。

「じゃあその髪型は？」

「あっ、これは担当の美容師さんがクリスマスイブだからとヘアアレンジをしてくださったんです。普段はこんな風にしてもらうことはないんですけど……」

「誰かと出かけてきたのではなかったのか？」

「違います。今日は横浜駅がいつも以上の人混みで……。本当はもっと早く帰る予定だったのですが、デパ地下はすれ違うのが大変なくらいものすごい人でした」

　今日という特別な日は綾瀬さんの前で綺麗な姿でいたいと思って美容院に行ったのだけれど、髪型のことまで聞かれるとは思ってもみなかった。恥ずかしさと気づいてくれた嬉しさでドキドキが止まらなくなってしまう。

　そこからは会話も増えていき、私が作った料理を美味しそうに食べてくれる綾瀬さんを見ているのがとても幸せだった。

　食事が終わってコーヒーを淹れてケーキを出すと綾瀬さんが何か思い出したようにふっと頬を緩めた。

「ケーキなんて子供の頃に誕生日で食べたくらいだな」

　テーブルの上には生クリームたっぷりの苺《いちご》の丸いホールケーキが置いてある。それを見てきっと誕生日のことを思い出したのだろう。本当はカットされたケーキを買う予定だったのだけれど、あまりにも人が多すぎたのとすぐに購入できるのがホールケーキだったので、一番小さい二人用のホールケーキを買ってきた。そのままケーキを切って四分の一をお皿に置き綾瀬さんに渡す。ミニサイズなので食後でも全く負担にならない大きさだ。私も切り分けたケーキを自分の前に置いた。

「確かお誕生日は九月でしたよね？」

結婚の挨拶へ静岡に行くときに九月で三十五歳になるというのは聞いていたし、婚姻届には確か生年月日は九月三十日と書いてあった。

「仕事をしていると自分の誕生日も忘れるよな。それにしても久しぶりに食べるからかこのケーキ美味《うま》いな」

「そうですか。よかったです。ではまた買ってきますね」

美味しいと言って食べてくれるのが嬉しくて自然と頬が緩んでしまい、その姿をじっと眺めていたくなる。

「なあ、ところで遥菜の誕生日はいつなんだ？」

えっ！

まさか私の誕生日を聞かれるとは思わず、全身に緊張が走り心臓がドンと大きく音を鳴らした。今日だと知られてしまうのが怖くて言葉を濁してしまう。

「今月……です」

「こ、今月？　今月だったのか？」

知らなかったと言わんばかりに目を見開いた綾瀬さんが私に問い返してきた。

「いつだったんだ？」

どうしよう……。

これ以上隠すことはできないし、今日だと伝えたら綾瀬さんと一緒に過ごしたかった気持ちがバレてしまわないだろうか。

「あの、それが……。実は……今日なんです……」

「はっ？　今日？」

驚いた綾瀬さんが目を瞠り、フォークを持ったまま固まってしまった。

「遥菜は今日が……この二十四日が誕生日なのか？」

「はい……」

私は綾瀬さんと顔が合わせられなくて視線を下に落としてしまった。

「何で早く言わ……いや、そうか。今日が誕生日だったのか……」

どうやら私の気持ちは気づかれていないようだ。それよりも今日が誕生日だということに相当驚いているようで、私は安堵するように小さく息を吐いた。

「クリスマスイブが誕生日だと華やかな感じでいいよな。みんなにもすぐ覚えてもらえそうだし」

だいたいクリスマスイブが誕生日だと話すと、ほとんど全員からこういった言葉が返ってくる。

「全然よくないです。今でこそあまり感じなくなりましたけど、子供の頃は普通の日に生まれた人が羨ましかったです」

「羨ましい？　どうして？」

「クリスマスってみんな楽しみにしている日だから、私だけの誕生日っていう特別感はないし、誕生日ケーキもクリスマスケーキと一緒になっちゃうし、社会人になって彼氏と付き合っても誕生日とクリスマスのプレゼントは一緒でしたからあまりいい思い出はなくて」

それに昨年なんて清貴にプロポーズされたというのにあの裏切りだ。最悪な思い出になってしまった。

「傍から見たら華やかで逆に羨ましく思えるが、当の本人はそんな思いを抱えていたんだな。確か……今日で二十九歳か？」

「はい。二十九歳になりました」

「そっか。遥菜は俺より六歳下なんだな」

六歳上の綾瀬さんから見た私はどのように映っているのだろう。やっぱり子供っぽい女性だと思われているのだろうか。そんなことを考えていると綾瀬さんがテーブルの上に半分残っているケーキを指さした。

「なあ遥菜、残りのケーキも食べてもいいか？」

そんなにこのケーキを気に入ってくれたのだろうか。綾瀬さんが抵抗なくケーキを食べてくれることが嬉しくて、今度はどんなケーキを買ってこようかと新たな欲望が湧き上がってくる。

「どうぞ。まだコーヒーも残ってますけどもう少し飲まれますか？」

「そうだな。遥菜もケーキを食べるだろ？」

立ち上がった綾瀬さんがコーヒーの入ったポットを持ってきた。当然私も食べると思われているようで、カップにコーヒーが注がれていく。私は残りのケーキを切り分けると、綾瀬さんと私のお皿に置いた。

「じゃあ改めて……。さっきの半分はクリスマスケーキということで、今からは誕生日ケーキな。ろうそくが無いのは仕方がないがこれで代用することにしよう」

そう言って自分のケーキの上にあったチョコレートで出来たクリスマスツリーを私のケーキにそっと挿してくれる。緑色のツリーの上についている黄色の星がまるで炎のようだ。そして口端を上げてにっこりと私に優しい視線を向けてくれた。

「遥菜、誕生日おめでとう」

えっ、うそ……。

思わず綾瀬さんの顔をじっと見つめてしまう。こんな嬉しい誕生日はあるだろうか。残りの半分のケーキで誕生日のお祝いをしてくれるなんて。まさか綾瀬さんから祝ってもらえるとは思っていなかったので、幸せすぎて胸がいっぱいで涙が浮かんできてしまった。

「どうしたんだ？　何で泣いてるんだ？」

「なんかびっくりして感動しちゃって。歳を取ったら涙腺が緩んじゃうのかな……」

この気持ちを知られることだけは絶対に避けないといけないのに、こんなに感情を露わにしてはすぐにバレてしまわないかと心配で堪らない。

「感動って……。俺は何もしていないんだが……」

綾瀬さんは知らないのだ。「遥菜、誕生日おめでとう」という言葉が何よりも嬉しい誕生日プレゼントになり、ろうそくの代わりにクリスマスツリーでお祝いしてくれたことがどれほど私の大切な思い出になったことを。

「二十代最後の誕生日がプレゼントも無いとは申し訳ないよな」

「そんなことないです。こうしてお祝いしてくださって二十代最後のいい思い出になりました。ありがとうございます」

私はそう言って綾瀬さんに微笑むと、ケーキの上に載っているクリスマスツリーを見つめながら身体中で幸せを感じていた。

彼女の誕生日 ―理人―

日曜日の朝。朝食を終えてソファーで携帯を見ていると、どういうわけか遥菜が出かける準備を始めていた。遥菜と一緒に生活をするようになって休みの日に遥菜が出かけるのは初めてだ。いったいどこに行くのだろうかと様子を窺いながら気になってしまう。そして俺はどうしても我慢できなくなり遥菜に尋ねてしまった。

「遥菜、これからどこかへ出かけるのか？」

遥菜がきょとんとした顔で俺を見る。その瞬間、やはり聞くべきではなかったかと顔をしかめつつ視線を下に落とした。

「あっ、いや……休みの日に出かけるのは珍しいなと思っただけで……。干渉しない約束なのに申し訳ない」

あのパーティーの日以来、遥菜のことが気になって仕方がない俺がいる。

「今日は美容院の予約を入れていて……。お昼には戻ってきます」

誰かと会う約束でもしているのかと思っていたら美容院を予約していると聞いて安心している俺がいた。

だがお昼過ぎには戻ると言っていた遥菜は帰ってくることはなく、いつものようにソファーで寝転んでタブレットを見ていても全く集中できなかった。そして夕方近くになりやっと遥菜が帰ってきた。リビングに入ってきた遥菜の髪型を見てドクっと心臓が音を鳴らす。なんと遥菜の髪型が朝とは違いアレンジされているのだ。

あの髪型はどういうことだ？

もしかして美容院に行ったのは誰かと会うためだったのか？

あれこれと考えているとキッチンに立っていた遥菜が声をかけてきた。

「理人さん、あと三十分くらいで夜ごはんができるのですが、準備をしても大丈夫ですか？」

目の前に立つ遥菜は一段と可愛くて、誰と会っていたのか気になった俺はつい返事が素っ気なくなってしまった。食事が出来上がったと言われてテーブルに並んだ料理を見ると、いつもとは違うレストランで出てくるような洋食が並んでいた。

「今日はなんか今までとは違う夕食だな」

「この間のパーティーの帰りにお食事に連れていっていただいたお礼と、今日はクリスマスイブなので洋風にしてみました」

遥菜が俺に何度も笑顔を向けてくれた先日のあの夜の出来事が蘇ってくる。そして遥菜の言葉を聞いた俺は今日がクリスマスイブだったということを思い出した。それなら何か理由をつけて遥菜を外食にでも誘ってみればよかった。後悔するがもう遅い。

食事を始めたものの、遥菜がどうしてそんな髪型をしているのか気になってしまい、どうしても遥菜の方へ視線を向けてしまう。

もしかして男と会うためにこんな髪型を？

それで帰るのが遅くなったのか？

いや、他人との恋愛はＮＧだから会っていたのは女性なのか？

そんな俺に気づいた遥菜が不安そうに尋ねてきた。

「もしかしてお口に合わなかったですか？」

「美味しいよ。どれも全部旨い」

料理は本当に美味しくて正直に答えたのだが遥菜を不安にさせてしまったようだ。

申し訳ないのと髪型のことを尋ねてもいいだろうかと考える俺が交差する。

「本当に料理はどれも美味しいよ。いや、実は女性の美容院は大変なんだなと思ってな。朝から夕方までかかるとは男の俺たちとは全然違うんだなと思っただけで……」

すると遥菜はケーキを買っていて遅くなったと答え、このあとコーヒーを淹れる予定だと口にした。ケーキを買っていて遅くなったのはわかったが、髪型のことはまだ解決していない。どうしても気になった俺はそのことについても尋ねてみた。

「じゃあその髪型は？」

「あっ、これは担当の美容師さんがクリスマスイブだからとヘアアレンジをしてくださったんです。普段はこんな風にしてもらうことはないんですけど……」

「誰かと出かけてきたのではなかったのか？」

「違います。今日は横浜駅がいつも以上の人混みで……。本当はもっと早く帰る予定だったのですが、デパ地下なんてすれ違うのが大変なくらいものすごい人でした」

誰とも会っていなかったとわかりやっと安心できた俺は、緩みそうになる頬を会話でごまかしながら食事を楽しんだ。

そして食事が終わりデザートのケーキを食べていたところで俺は衝撃の事実を知ることになる。それは久しぶりのケーキから子供の頃の誕生日を思い出した俺が何気なく聞いたひとことだった。

「なあ、ところで遥菜の誕生日はいつなんだ？」

俺の問いに遥菜が少し顔を曇らせて口を開く。

「今月……です」

今月だと聞いて驚いて目を瞠り、すかさずいつだったのかと問い返す。

「あの、それが……。実は……今日なんです……」

「はっ？　今日？」

まさか遥菜から今日だという回答が返ってくるとは思わず、俺は言葉に詰まり呆然としてしまった。

せっかくの誕生日をこんな風に過ごさせてしまうとは——。

それこそ日頃の夕食のお礼だと理由をつけて食事にでも行けばよかった。知らなかったことが本当に悔やまれてしまう。何で早く言わなかったんだと言いかけて俺は慌てて言い直した。

「クリスマスイブが誕生日だと華やかな感じでいいよな。みんなにもすぐ覚えてもらえそうだし」

だが俺の言葉に遥菜が珍しく不服そうな顔を見せた。

「全然よくないです。今でこそあまり感じなくなりましたけど、子供の頃は普通の日に生まれた人が羨ましかったです」

「羨ましい？　どうして？」

「クリスマスってみんな楽しみにしている日だから、私だけの誕生日っていう特別感はないし、誕生日ケーキもクリスマスケーキと一緒になっちゃうし、社会人になって彼氏と付き合っても誕生日とクリスマスのプレゼントは一緒でしたからあまりいい思い出はなくて」

他の男が遥菜の誕生日を祝ったと聞いてももやもやとしたおもしろくない感情が湧き上がってくる。先日のパーティーのあとから遥菜に他の男が絡むと腹立たしくて仕方がないのだ。

「なあ遥菜、残りのケーキも食べてもいいか？」

俺は他の男の存在を消すようにテーブルの上にある残りのケーキを指さした。プレゼントも何も用意はしていないけれど、せめて「おめでとう」という言葉だけは伝えて遥菜の誕生日を祝いたい。

「じゃあここから改めて……。さっきの半分はクリスマスケーキということで、今からは誕生日ケーキな。ろうそくが無いのは仕方がないがこれで代用することにしよう」

ケーキにろうそくを立てたいところだが何も無いので、遥菜が俺のケーキに載せてくれたチョコレートで出来たクリスマスツリーをろうそくの代わりにすることにした。

「遥菜、誕生日おめでとう」

言葉しかかけることのできない自分にもどかしさを感じつつ遥菜を見つめる。すると驚いた表情をしていた遥菜の瞳から涙が流れ落ちた。

「どうしたんだ？　何で泣いてるんだ？」

「なんかびっくりして感動しちゃって。歳を取ったら涙腺が緩んじゃうのかな……」

急に泣かれてしまったことで焦ってしまったけれど、感動したと聞いて安心すると同時に申し訳ない気持ちになってくる。

「二十代最後の誕生日がプレゼントも無いとは申し訳ないよな」

もっと早く知っていれば何かプレゼントでも用意できたのにと考えたところで、俺は遥菜に何をしようとしているんだと、ふと我に返る。

「そんなことないです。こうしてお祝いしてくださって二十代最後のいい思い出になりました。ありがとうございます」

そう言って笑顔を向けてくれた遥菜がとても可愛くて、俺は喜んでくれた遥菜を見つめながら嬉しい気持ちに包まれていた。

※この物語はフィクションです。
作中に同一あるいは類似の名称があった場合も、実在する人物・団体等とは一切関係ありません。
※本書は「エブリスタ」(https://estar.jp)に掲載されたものを、改稿のうえ書籍化したものです。

上乃 凜子（うえの りこ）

広島県出身。2018年より小説創作プラットフォーム「エブリスタ」にて執筆を開始。
2024年、本作『偽りの愛の向こう側 契約婚のはじまり』（宝島社）にてデビュー。
原作を務めたコミック『いつわりの愛 ～契約婚の旦那さまは甘すぎる～』『週末カレシ ～上司と私のナイショの関係～』『嘘恋シンデレラ ～地味OLの私が次期社長に溺愛されるまで～』が配信されている。

宝島社文庫

偽りの愛の向こう側
契約婚のはじまり
（いつわりのあいのむこうがわ　けいやくこんのはじまり）

2024年12月27日　第1刷発行

著　者　上乃凜子
発行人　関川 誠
発行所　株式会社 宝島社
〒102-8388　東京都千代田区一番町25番地
電話：営業 03(3234)4621／編集 03(3239)0599
https://tkj.jp

印刷・製本　中央精版印刷株式会社

ISBN978-4-299-06283-3